KB113606

눈먼 자의 동쪽

눈먼 자의 동쪽

오정국 시집

민음의 시 229

민음사

내 목숨의 허기를 쫓아 참 많이 떠돌았다.
여전히 막막하다.
내 얼굴은 길 위에서 빛났다.
그 황홀하고 처연했던 중얼거림을
여기에 담는다.
저토록 눈부신 야생과
이 도시의 수렁, 그 통로를 오가면서
내가 뿌리쳤던 등짐들이 뼈저리다.

2016년 겨울
오정국

차 례

2부

1부

터널 밖에는

터널 밖에는
녹슨 철교가 있고
서쪽으로 서쪽으로 끌려가는 저녁 해가 있다 그리하여
고요하게 입을 다무는 터널

나는
이쪽 터널에서 저쪽 터널로 건너갈 때까지의
짧은 빛 속에서 한 생애를 숨 쉬는 것인데

차바퀴들이 지나갈수록 옆구리가 헐렁해지는
터널, 아귀가 맞지 않는 내 관절처럼
삐걱거린다

터널 밖에는
얼어 터진 강바닥이 있고
사흘 밤낮의 눈보라가 있고, 그리하여

이토록 깊고 어두운 내설악의 밤이 있다 산짐승처럼 웅
크린

터널, 터널도 폭설로 발이 묶였다

산짐승처럼 강바닥으로 내려서고 싶은
터널, 그러나 터널은
내비게이션의 붉고 푸른 핏줄처럼
밤의 갱도에 갇혀 있다

여기서 출토된
항아리와 거울, 유골의 팔다리가
햇빛 속으로 흩어지자, 텅 빈 무덤처럼
이젠 더 이상 오갈 데가 없는
터널

터널 밖에는
눈이 녹는 철길이 있고
지평선을 딛고 저녁노을을 빛내 주는 햇덩이가 있는데

패악이라면 패악이겠지만
— 내설악일기(日記)·1

아낙네의 사타구니를 훑듯, 코로 주둥이로 밭고랑을 뒤
지던
산짐승을 내동댕이쳐 놓고, 서부영화의 총잡이처럼
총구를 훅 부는 사내의
떡 벌어진 어깨 너머, 진저리를 치듯
목덜미를 떠는 멧돼지의
눈알이여, 그 어디서 눈 맞췄던 굶주림이냐, 패악이라면
패악이겠지만, 마을 회관 앞마당에 와서 헐떡거리는
뜨신 숨이여, 나더러 어쩌라고, 붉은 피를
콸콸 쏟는 발버둥이여, 패악이라면
패악이겠지만, 사내들은
서둘러 팔을 걷어붙이고, 아낙네들은
잰걸음 걸음으로 국솥에 물을 끓이는, 눈 덮인 내설악의
초겨울 오후

발을 멈추면 물소리가 높아지던
— 내설악일기(日記)·2

물 한 모금 머금듯, 시 한 줄 입에 넣고 중얼거리면
오후 6시의 강바닥이 펼쳐지고, 돼지고기 구워 먹던
돌밭이 있었다 구겨서 내던진 시 구절처럼
돼지기름에 엉겨 붙어
모래밭으로 흘러내리는 저녁 해

시인은
자꾸 혼잣말을 하여서, 말 속의 자신을 찾아가는
것인데, 허기처럼 깊어지는 일몰의
길바닥, 오늘은 여기에 이르렀구나
두 사내가 멱살잡이를 하던 다리목이었다

한물간 80년대 이별의 풍경인 양
손수건이나 몇 번 흔들어 줬으면 했는데
한 여자가 껌을 씹고 서 있던
다리목이었다

해 떨어지기가 무섭게
얼음장 위에서 번들거리는

닭도리탕 집의 불빛들, 거기 그쯤에서
발걸음을 멈추면, 물소리가 높아지던
다리목이었다

돌 하나의 두억시니에는
— 내설악일기(日記)·3

북천(北川)* 강바닥을 핥듯이 더듬어서 댕그랗게 건져 온
이 두억시니는
외눈박이다 한순간 닫힌 눈을
주검의 외피(外皮)처럼 땡겨 잡고 앉았는데, 오른쪽 눈은
가물거리는 눈빛으로 초승달을 물고 있다

길쭉한 입은
수천 겹의 굵주림으로 일그러져 있고
목구멍이 깊다 어둑한 동굴 같다 거기 찍힌
점박이 무늬들, 눈보라처럼 아득하게 흩날리니,
눈발을 헤치고 동굴로 들어가는
등허리들이 보인다 거기로 숨어드는 길은 있지만
출구가 보이지 않는, 아 하고 입 벌린
허기들

다물어지지 않는 입과
감겨지지 않는
눈꺼풀, 뒤로 돌려세우고 모로 눕혀 보아도
한번 벌어져서 닫히지 않는

캄캄 세월의 끝 모를 동굴이
눈발 그친 오후의 고요를 내다본다

* 강원도 인제군 북면의 강.

그 눈밭의 오줌 자국은
— 내설악일기(日記)·4

눈밭의 오줌 자국들, 실뱀이거나
구렁이거나, 뱀이 기어간 자국 같고, 흙벽에 붙여 놓은
통나무 땔감들, 듬직하구나 누렇게 눌어붙은
장판지 같은 얼굴들, TV 연속극에 흠뻑 빠져 있겠구나
책을 읽어도 시 한 줄 건져 낼 게 없으니,
다리 힘줄 땡겨 보는
오후 산책길, 거울에 비친 엉덩이가
비바람에 허물어진 담벼락 같아서, 이렇듯
다리 힘줄 땡겨 보는 것인데, 이토록 어여쁜
꽃자리가 있었다니! 다소곳한 앉음새의
오줌 자리들, 오목한 항아리의 꽃 단지 같은데,
거기에다 오줌 줄기 내뻗는
군홧발들, 혹한기 훈련의 콧김을 내뿜으며
눈 덮인 소나무 숲으로 사라져 갔다
나는 거기에다 오줌을 누지 않았지만, 몸서리치듯
아랫도리를 부르르 떨었다
눈구덩이의 오줌 구멍이 말벌집 같았다

짐승에게 쫓기는 짐승처럼
— 내설악일기(日記)·5

동해안 해맞이 관광버스 행렬들,
승객들로부터 박수갈채를 받을 때도 있었건만
이리저리 밀려다니며 더럽혀지는
눈송이들, 질척한 흙탕물을 뒤집어쓰고 앉았는데
가드레일 너머의 눈밭은 소담스럽다 눈은 저렇듯
공터에서 빛나고, 낚시터의 수초 구멍 같은 게
뽕뽕뽕뽕 뚫려 있다 꼿꼿하게 몸을 세운
갈대들, 가느다란 열선(熱線)들이
오늘 하루 햇볕의 혈당치를
땅 밑으로 깊숙이 찔러 넣는다 눈밭은
저렇게 녹아 가는 것인데, 저런 불한당 같은
트럭들, 화물칸을 기우뚱거리며 달려오더니
꼬리에 꼬리를 물고 헐떡이더니
왕방울 같은 눈알을 번쩍이더니
미시령 터널로 사라져 갔다 개울로 물 마시러 왔다가
짐승에게 쫓기는 짐승처럼

머리띠를 묶은 파도가 달려오듯
— 내설악일기(日記)·6

문득 고개를 드니, 흰 머리띠를 묶은 파도가 달려오고
오리들이 물갈퀴를 내젓는 것 같았는데
얼음장 위에서 나부끼는
비닐조각이라니! 식당에서 밥을 먹던 동료들이
헛것을 보았다고 킬킬거렸다

사흘밤낮 눈이 내려, 목구멍에 술을 풀어
눈구덩이 혈거를 견뎌 내는 나날들, 육허기가
눈앞을 어지럽히는 것인가 눈을 씻고 다시 보니,

철망은커녕
비닐 끈을 둘러 놓고
스케이트장 입장료를 받아먹는 얼음판이었다

불멸(不滅)의 밤
— 내설악 일기(日記)·7

농성 중인 천막이거나 검은 휘장이라면 좋겠지, 당신 앞
의 어둠은
찢어지지 않는다 뒷골목의 칼잡이를 데려와 겁을 주어도
밤의 어둠은 물러서지 않는다 불에 태워도 사라지지 않고
인두로 지져도 흔적이 없는

밤, 어쩌다가 이런 밤에 당신이 걸려들어
두 팔을 날개처럼 푸득거려 보지만
이 밤의 수렁을 벗어날 수 없다 굳이 말하자면,

헛것을 붙잡고 통곡하는 당신, 그런다고
젖꼭지 들이밀던 여자들이 돌아올 것 같은가
물리칠 수 없다 베어 낼 수 없다 무수한 밤이면서

오직 하나인 밤, 갈라서지도 나누어지지도 않는
밤, 오지랖이 넓고 품이 넉넉해도
안길 수 없고 껴안을 수 없는

밤, 혈액투석을 하듯 당신은

팔목의 상처를 밤의 혈관 속으로 들이 밀지만
야생(野生)의 밤은
밀렵꾼의 적외선 조준경을 비켜 나간
네발짐승의 눈구멍에서 빛나고 있다

미끄러져도 미끄러지지 않고
― 내설악일기(日記)·8

투명한 빙판의 고요한 긴장, 훤하게 내려다보이는
웅덩이 밑바닥에 개구리 여럿 잠들어 있다
손에 땀을 쥐고 훔쳐본
양서류의 여름밤이 잠들어 있다
석 달 열흘 기다려 온
빗방울 떨어지자, 서서히 끓어오르던
웅덩이 냄새, 생식(生殖)의 비릿한 여름 냄새를 흔들듯
빗줄기 쏟아지고
번갯불이 번쩍일 때
미끈거리는 등가죽에도 미끄러지지 않고
앞다리로 뒷다리로 암컷을 조여 붙이던
수컷들, 무당개구리였던가
누런 아랫배가 뒤집어질 때까지
물갈퀴가 풀려서 수면으로 떠오를 때까지
번갯불의 전율을 암컷에게 찔러 넣던, 지금은 잠자코
다리 오그린 수컷들, 빙판에 박힌 채
봄볕을 기다리는 돌멩이 같다

나는 저 눈꽃들에게
— 내설악일기(日記) · 9

배꼽티를 입고 서서, 저토록 영롱한 귀고리와
목걸이를 찰랑거리다니! 눈발 그친 아침의
눈꽃나무들, 첫 영성체 받는 날의
미사포 행렬 같구나

말 대가리처럼 생긴 나무에게도
주먹 고기마냥 뭉쳐진 덤불 위에도
눈꽃이 피었다 저 한 컷 한 컷의
영롱한 햇빛들, 나는 저 눈꽃들에게
뭘 하나 제대로 건네줄 게 없으니,
이런 날의 내 발길은 어쩔 줄을 모르고
혼(魂) 빠져서 혼 없는 시인이 되어
햇빛 만세, 만세를 외칠 수밖에

속초 바닷가로 줄을 잇는 여행객들
고래 뱃속 같은 미시령 터널로 빨려 들기 전
서둘러 몇 장면을 카메라에 담아 간다
한 컷 한 컷 잘려 나가는
찰나의 눈꽃송이들

뼈다귀 몇 점 나무토막처럼
── 내설악일기(日記)·10

산 계곡이 갈라 놓은
좌우익의 산, 흰 눈을 뒤집어쓰고
보란 듯이 제 골격을 뽐내고 있다 거기서
껌뻑거리던, 껌뻑거리며 머뭇거리던
눈빛들, 쥐도 새도 모르게
야음의 틈을 비집고 나왔겠다
콩콩거린 발걸음과 그 뒤를 따라붙은
묵직한 일자 행보

여울목 눈밭에서
핏자국이 녹고 있다 뼈다귀 몇 점
나무토막처럼 흩어져 있다 오소리거나
고라니거나, 거기서 덜미 잡힌
생명들, 로드킬의 함정을 뚫고 왔을 것인데
느닷없이 발목 꺾인
목숨을 빛내듯, 눈밭의 햇살이
핏자국을 쓰다듬고 있다

나는 거기에다 발을 들이밀 수 없었다

산허리에서 강바닥으로 이어진
야생의
저 눈부신 네트워킹을
아득하게 숨 막히게 바라보았다

목에 비수를 들이대듯

— 내설악일기(日記)·11

감기몸살이라지만, 벌써 보름째, 그날 밤의 달빛을
앓는 중이다 명태처럼 꾸덕꾸덕 말라 가는
양말을 걷으러 나갔는데, 누군가
목덜미에 비수를 들이대는 느낌
얼어붙듯 그 자리에 멈춰 섰던 것인데,
텅 빈 강바닥에 내리던
달빛들, 저토록 결 고운 비단이 있었던가
내 무덤 자리 어디쯤에 걸쳐 둘까 싶었다
얼음장의 달빛들, 물고기 비늘처럼
퍼덕이더니, 고요로써 고요를 쓰다듬듯
고요의 머리카락을 빗겨 주었다
오싹한 기운이 옆구리를 찔렀지만
귀기(鬼氣)서린 저 풍경이
이승의 한 조각 아름다움이라면
아름다움의 극치는 투명이라고, 그렇게
넋 빠진 하룻밤을 보냈다 몸의 열꽃들이
사라지지 않는다 벌써 보름째, 내 몸이 앓고 있는
달빛들, 이제는 목구멍으로
토해 낼 수 없는

29

교각의 하류는 튜브처럼 찌그러져
— 내설악일기(日記)·12

통성기도 끝난 교회의 마룻바닥 같구나
눈발 그친 강바닥의 얼음장들

교각의 하류는
튜브처럼 찌그러져, 바람 빠진 고무보트와
음료수 캔, 슬리퍼 조각을 입에 물고 있다
백담계곡에서 출렁이던 여름빛이
여기까지 떠내려와
모래 구덩이를 뒤집어쓰고 앉았는데,
땅바닥에 뿌리박은
비닐조각들, 달뿌리풀처럼 나부끼고 있다
풀뿌리를 뽑듯 비닐 끈을 당겨 보지만
포기나누기 풀포기처럼
강바닥을 움켜쥔 오랏줄들

교각 아래로 쓸려 온
차갑고 쓸쓸하고 메마른 풍경들
비로소 얻은 탈색의 고요들이
백골의 시간을 품에 안고

물살 넘실대던 상류 쪽을 바라보는데,

채찍처럼 누워 있는
공룡능선, 그 위로
철새들의 날갯짓이 휘어지고 있었다

햇빛의 책방
— 내설악일기(日記)·13

테두리 없는 햇빛의 책방이었다

내 면상을 꿰뚫듯이 올려다보는 얼음장들, 새가 날지 않는 물밑이니, 물고기가 돌아다녔다 어떤 맹목이 저리 맑은 것이지, 한번은 얼음 강을 건너가고 싶었다

고요를 파고드는 회오리처럼

새가 날았다 가녀린 발목에 얼음 붕대를 감고, 늦추위를 껴입고, 짝짝이 양말을 펄럭거리듯 다리목을 건너갔다

유리컵의 버들강아지가
겨우겨우 눈을 틔우기 시작했다

강줄기 한복판의 얼음장이 가장 시퍼렸다 거기서 누가 수심을 잰 듯, 나무 막대기가 수직으로 꽂혀 있었고, 그걸 꽂아 둔 이는 보이지 않았다

모서리 없는 햇빛의 책방이었다

북천의 달
── 내설악일기(日記)·14

애당초 나의 것은 아니었지만, 발목에 걸어 둘 수 없는
사슬이며, 손목에 채워 둘 수 없는 수갑이다
저 얼음장에 비친 보름달은

은빛의 바늘로 내 무릎의 상처를 꿰매 주기는커녕
네발짐승의 길을 환하게 들춰내는
저 달빛은

실오라기 하나 걸치지 않고
이모네 집 대추나무 속에 앉아 있던 여자의
새파란 눈초리다 등골을 빼먹는 여우가 되지 못했으니
추적추적 비 내리는 북한산을 맨발로 올라가던
애기 무당의 쌜쭉한 입술이다

내가 나의 궁기를 지키듯, 침대 위의 못대가리를 쳐다보는
밤, 연립주택 옥상의 장미꽃 무늬 팬티처럼
내 손바닥으로 감아쥘 수 없는
저 달무리는

쓰레기 소각장에서 짜부라 들던

줄무늬 티셔츠다 그걸 내 목에 걸어 주고

쌩까듯이 가 버린 그날 밤 그 여자의 함몰 유두다

저의 굶주림을 저가 파먹듯
— 내설악일기(日記)·15

밀입국자처럼 떠도는 얼음장들, 총칼 세운 군인들의
다리목을 떠나지 않네 시멘트 교각에 이마 부딪고
자해 공갈단 신년하례 단배주를 마신다 해도
삥을 뜯을 게 없는 내설악의 강추위,
워낙 청렴결백한 강골이시니
그 아래 엎드린, 엎드린 채 얼어붙은
공복의 허기들, 투명한 얼음장처럼
내장을 비워 낸 악머구리들, 저의 굶주림을
저가 파먹듯, 이 한철을 견뎌 내는 중인데
거기에다 나무망치를 내리치는
불한당들, 발밑의 물고기를 기절시킨 뒤
전기톱으로 얼음장을 잘라 내는
천렵꾼들의 콧김 뜨신
오후 한때

솔개가 떴다
차고 매운 눈초리가 공중을 떠돌았다

삶
— 내설악일기(日記)·16

내설악 최강의 맹수라는데, 어쩌자고
여기 와서 개털 신세가 되었나 북천 강바닥의
삶을 보았다 희끗희끗 눈이 녹는 돌밭에다
허기진 피를 쏟고, 등가죽을 내려놓은
삶, 내장의 살코기를 말리는 중인데

삶의 주둥이가
절명의 순간을 갸르릉거리고 있다
바람결에 들려오는 말소리들, 밀렵꾼의 올무에
걸려 든 것일까, 삶의 발목이
눈구덩이 군데군데 흩어져 있다
발목과 발목 사이
횡액과 횡액 사이
곤추선 터럭이 나부끼고 있다
검다 쓰다 말이 없는
돌멩이들

죽을힘을 다해 부릅뜬 삶의
눈동자, 거기에 비치는

햇덩이가
새들의 앞가슴을 환하게 빛내 주더니
산 너머로 묵직하게 가라앉았다

독대(獨對)
— 내설악일기(日記)·17

넘치는 나의 것을 저들에겐 줄 수 없다 저런
골짜기는 굶겨 죽여야 한다
등뼈가 제대로 드러날 때까지
재갈을 물려 둬야 한다 면벽수도란
결가부좌의 몸뚱이를 공중으로 매다는 것이니
화두는 머리끝으로 올리는 게 아니라
등허리의 뼈마디로 만져지는 것이니

내설악 겨울밤의 술자리는
냉골 바닥 독작(獨酌)이면 이것으로 족하다

저런 골짜기는
무릎을 꿇리고 칼을 채워 둬야 한다 결단코
어디서나 몸 바꾸지 않으니, 저런 골짜기는
객사(客舍)에 가둬 둬야 한다 문고리에 손가락이 쩍쩍
달라붙게 해야 한다 애간장은
태우는 게 아니라 녹여야 하느니
살가죽의 굶주림이
투명한 등뼈로 태어나야 하느니

내설악 겨울밤의 술자리는
기척 없이 물이 어는 새벽녘이 제격이다

밤의 시커먼 네발짐승을 앞세워
닭 모가지를 비틀어 가는
골짜기들, 저런 골짜기는
등뼈가 제대로 드러날 때까지
공룡능선 등허리에 걸어 둬야 한다
피도 눈물도 없는 백척간두의 뼈대 위에

반달 모양으로 돌을 막아서
— 내설악일기(日記)·18

무심코 강바닥으로 내려섰던 것인데

반달 모양으로 돌을 막아서
아낙들이 뒷물하던 자리, 거기에도
얼음이 쨍쨍하였다 아차, 한발 늦고 말았다
크고 작은 돌들이
저의 아랫도리를
얼음장 깊숙이 뿌리 내리고 있었다

또 그렇게
한발 늦었던 것이니

소나무처럼
강둑의 소나무처럼
목을 뻣뻣하게 세우고 걸어야 했다
머리 위 솔가지의 눈 뭉치를 맞아야 했다

눈 뭉치로 눈 벼락을 맞는
— 내설악일기(日記)·19

일주일째 고기 비린내를 맡지 못했더니
장작개비의 나뭇결이 고등어 뼈로 보였다
누추한 먹이를 구하지 말라 했으니
백담계곡 눈길을 올라가는 것인데
간밤의 취기와
용서할 수 없는 고통의 소용돌이를
절벽 앞에 세워 둔 사내가 있었다
누추한 먹이를 구하지 말라 했으니
몇 마리의 새가 공중을 떠돌고
눈밭을 경중거리는 고라니들, 나도 모르게
눈웃음치듯, 팔다리 너울대며 산모롱이를 돌아서니
소나무 둥치를 발로 차 놓고
눈 벼락을 맞는 중년 남녀가 있었다
손뼉 치고 노래하며 발을 굴렀다 너울춤을 추듯
엉덩이춤을 추듯, 사방의 햇빛을 흔들어 빛냈다
거기엔 눈 뭉치로 목을 축이던
목마름도 없었고 굶주림도 없었다
제자리걸음의 기쁨만 출렁거렸다

눈먼 자의 동쪽 이야기
── 내설악일기(日記)·20

44번 국도를 되돌아볼 때마다
한 걸음 두 걸음씩 생겨나는 이야기

함석으로 말아 놓은 무쇠 난로의 굴뚝들이 피워 내는
이야기, 공중의 흰 연기가 그려 내는 이야기

너구리 이야기, 군부대 잔반통에 맛을 들인 너구리 녀
석, 논으로 슬쩍슬쩍 숨어들곤 했는데, 가을걷이 때 그만
몽둥이 찜질을 당했지, 농부들이 빙 둘러서서 벼를 베면서
논바닥 한가운데로 녀석을 몰아붙인 것이지, 술꾼들의 술
안주가 되고 나서야 너구리가 땅을 치며 눈물 콧물 쏟았
다는, 믿거나 말거나, 내설악의 겨울밤을 건너가는 이야기

엇취, 하면서 추위 하나 지나가고

바람벽을 울리는 귀곡성인가 했더니, 흙벽에서 들려오는
괴이쩍은 소리, 기둥과 서까래가 몸을 비틀어 집 한 채의
골격을 맞춘다는 것인데, 거기에 산 계곡의 눈바람이 섞여
들어 내설악의 겨울밤을 놀아나다니! 내 곁에서 밥을 굶던

두억시니가 난데없는 새벽녘에 나를 깨워서 배꼽춤을 추
듯 병신춤을 추듯 한바탕 신명 나게 놀아 보자고 했던, 그
런 이야기

　자리끼 물그릇이 얼어 터지고

　깨 털린 깻단들이 밭둑을 뒹굴고, 논들의 허수아비가 목
에 얹힌 페트병을 두개골처럼 덜렁거리며 전해 주는 이야
기, 강둑의 간이 화장실이 저의 아랫도리를 환하게 열어젖
히고 강 건너의 컴컴한 굴다리를 쳐다보는, 이를테면

　턱밑에서 앙앙거리다가 목을 깨물어 버리는, 뭐 그딴 여
자들의 이야기는 아니다, 그러니까

　북천에 심어 놓은 시멘트 교각들, 대책 없는 주변머리의
　결가부좌를 보았는데, 자갈과 철근으로 버무려진
　그해 겨울 내설악의 만만찮은 화두였다
　눈치코치 없는 애물단지의 몸 하나를 이끌고

마가목의 붉은 열매를 따라가면, 눈밭이 잘그랑거렸다 새의 발자국이 녹고 있었다 이 지상의 가녀린 몸무게 한 줌을 햇빛 많은 공터에 표해 둔 것인데

기습 한파에 깜짝 놀란 듯
다시 어는 얼음장

얼음장 밑으로 흐르는 물소리 이야기, 가까스로 다리목을 빠져나간 스노 체인의 꾸불꾸불한 이야기, 눈먼 자의 동쪽이 거기였던가, 아침마다 해가 몰려오던, 이제는 44번 국도 너머로 사라져 간 이야기, 딱 맞아 떨어지는 마침표도 없이

동짓달 스무하루

동짓달 스무하루의 내 생일을 기념하듯
기러기가 난다 밤하늘을 날아가는 기러기 팔자라던
점집의 대나무를 빛내 주는 언표(言表)이다 저만큼의 날
개와
매서운 눈초리로 은산철벽을 넘어가야 하는데
하룻밤 사이에 새들이 너무 많이 죽는다
바다 건너 포연이 그치질 않는다

동짓달 스무하루의 내 생일을 배웅하듯
주유소의 불빛은 잠들지 않는다
구제역 방제 초소의 분무 벨트를 통과하다가
시야가 하얗게 얼어붙은 밤
자살 폭탄을 허리에 감은 새들이
내 눈구멍으로 날아드는
꿈을 꾸었다

나는 놋주발처럼 한번 울어 보지 못했다 땡볕처럼 울고,
대추나무처럼 울고, 재개발구역 담벼락처럼 울고, 녹슨 철
근의 눈물처럼 울고, 그러하지 못했다

나는 내 발가락을 후비며, 고린내를 사랑했다

동짓달 스무하루의 내 생일을 불사르듯
동사무소 외벽의 살구나무가
불꽃 날개를 달았다 몸을 비틀어 벽돌을 털어 냈고
구제역의 가축은 흙구덩이로 떨어졌고

책상머리 머리통 하나
죽여 보지 못한 채

팽팽하던 밧줄이 후두두둑 터지듯
천지사방 흩어지는
나의 생일은
하룻밤 사이에 새를 너무 죽였고
흰 수염의 서릿발로 얼음 강을 건넌다

놋주발의 독작을 허공에 뿌린다

2부

겨울 양안치*

저 산 계곡에서
머리통을 한번 얼려 보고 싶은 것이다

입산 금지의 바리케이트를 넘어서면
삽자루 하나 꽂혀 있는
눈밭 고랑들, 얼음 뿌리 생명들이
땅 밑으로 발을 내리고

올 한 해도
내가 나를 욕되게 했으니
무릎 꿇고 받드는
12월의 하늘

한천(寒天)의 얼음 골이
머릿속에서 버석거렸다

공중의 햇빛은
내 빈손을 빛나게 하고
빈손의 맨몸을 생각게 하고

헐벗고 외로워서 복된
나무들, 오직 한곳에서 드높은
나무들, 칼바람 생채기를
몸에 새겼다

츷내 나는 침묵의 테두리가 환했다

길에서 비켜 나간
눈 덮인 봉분들
이승의 거적때기를 뒤집어쓴 채
백골을 먹여 주고 재워 주고

백골을 데리고 살아가는 중인데
거적때기를 들춰 보면
여전히 남아도는
추위들, 손가락 꼬부리고
허리 굽힌 채
태초의 공복으로 되돌아가고 있었다

작고 야무진 발꿈치를

작고 야무진 발걸음의 여자가 산허리의 눈밭을 걸어갔다 이대로의 생을 못 견디겠다는 듯 낭떠러지 곁으로, 그러더니 산기슭 쪽으로 걸어갔다 그 얼굴이 못 견디게 궁금하였다

단 한 번 엇갈려서 천리만리 굽이쳐 간 발자국처럼, 불현듯이 떠오르는 얼굴들, 용서 못할 얼굴들을 털어 내고자 했지만 오그라진 마음자락 패대기치지 못했다 작고 암팡진 발꿈치를 뒤쫓아도 눈길은 더디고

천지사방 가득한 햇빛이지만 내가 받는 햇빛은 몸 하나 부피 정도, 공중으로 손바닥을 쳐들 때마다 송전탑을 울리는 바람 소리, 치악산은 털 뽑히는 짐승처럼 옆구리를 떨었다

봉두난발의 산등성이, 거기에 그 무엇이 파묻혀 있다고, 가파르게 야멸친 벼랑길을 더듬었고, 제설차 왱왱거리는 국도로 내려섰을 때,

로드킬의 얼룩들이 연탄재에 뒤섞였다 내 그렇게, 이번 생(生)의 구린 입 냄새를 맡듯이 마스크로 얼굴 가린 채 독거(獨居)의 빈 방으로 돌아왔다 반찬 그릇들이 누렇게 들러붙어 있었다

독작(獨酌)

비로소 독방에 수감된 느낌이다
전세 삼천만 원을 깔고 앉아 시(詩) 몇 줄 쓴다

창 너머의 매지못*이 얼어붙었다
목을 축이려는 청둥오리들이
몸을 부딪쳐
천둥소리를 내는 곳

얼음장은
물가 나무들의 하반신을 묶고
섬 하나를 가둬 두었다 얼음 호수를 건너가면
코 떨어진 부처 하나
듣고 보는 것으로 일족(一族)이 족(足)하여
입을 봉하고 코를 뭉개 버린
돌부처, 국도의 불빛을 등으로 막고 있다

배곯는 짐승들이 산 계곡을 훑는 밤
먹지도 못하고 걸치지도 못하는
누리끼리한 시문(詩文)을 덮으니

얼음 호수를 건너가는
회오리바람, 청둥오리들의 날갯짓인가 했는데

돌부처가 엎혀사는
시멘트 밑둥치가 갈라 터지는 모양이었다

나는
돌부처에게 의족을 달아 주거나
거기에 휠체어를 앉혀 둘 생각을 미처 하지 못했다

* 강원도 원주시 흥업면의 저수지.

객사(客舍)

개 짖는 소리
차디찬 하늘로 파묻혀 가고
별자리 두엇 반짝였겠고
개 키우던 사내
하산(下山)의 외진 길을 내려 하고, 그쪽에서 왔으니
그쪽의 잡탕밥과 뒤섞여 놀고 있겠고

젖먹이 잃은 젖가슴처럼 퉁퉁 불어서 얼어 터진
개 밥그릇들, 아귀이거나
두억시니이거나, 여태 눈꺼풀을 닫지 못한
커다란 눈알 같구나 거기에 비치는

흘레붙던 개들, 시뻘겋게 혀를 빼물고
철망을 타고 올랐을 것인데
밥그릇이 엎질러지는 줄도 모르고
일제히 목을 세워 짖던
희끄무레한 맹목의
눈빛들, 비로소
천지간의 눈발 속으로 입적하신 듯

어리둥절한 고요로구나

지난여름 굴삭기로 산허리를 헐어 내던 굉음, 그때 이후의

고요를 비로소 맛보는구나 그런

글공부를 하러 치악산의 방 한 칸을 얻었다가

모과 두 알만 썩히고 돌아왔다

겨우살이, 겨울살이

내가 발바닥으로 손가락으로 콧구멍으로 땅바닥의 먹이
를 구걸하고 더듬거릴 때,

허공면벽의 겨울나무들, 비전향 무기수처럼 꼿꼿하게
목을 세울 때, 겨우살이는 그런 나무 위에서
산다 인간들 구린내를 피하여 치악산으로 숨어든
강추위, 얼음 폭포를 입에 물고 번쩍거릴 때,
겨우살이는
겨우살이 뿌리는
참나무 가지를 발톱처럼 파고든다

흙에서 나서 흙으로 돌아간다는 인과율(因果律)을 무색
하게 하는
기이한 형상들, 맹금류의 보금자리인가 했더니,

살모사마냥 똬리를 틀고 앉은
겨우살이과(科)의 기생목(寄生木), 종양 세포 억제 효과가
탁월하다는 것인데,
헐벗은 나뭇가지에 독니를 박고 있다 거기로만 흐르는

시퍼런 기류, 한 광주리 두 광주리 눈구덩이에다
노란 꽃을 토해 놓는다 그래 그렇게, 거기서만 꽃피는 게
옳겠다 땅으로 내려오면
술 깬 아침 머리맡의 토사물 같을지니, 이토록 쓰디쓴
환약(丸藥)의 겨울 열매 땅으로 떨어질 때,

가장 높고 위태로운 나뭇가지에 새겨지는
황금가지*의 아릿한 문신(文身)들

* 제임스 조지 프레이저의 저서.

새

여전히 불투명한 피의 술잔처럼
국경을 넘어가는 두어 가닥 전선처럼

삼복염천의 태양을 날개에 얹고 간다
주둥이로 쪼며 간다

밭고랑의 옥수수 뿌리처럼
전망 좋은 들녘의 낙뢰 맞은 나무처럼
무너지면서 견디는
죽음의 힘으로

저의 발목을 흔들며 간다
V자 비행편대가 흩어지고 모인다
앞머리를 바꾸면서 바람을 탄다

일 년에 한두 번의 빗줄기를 기다려
일제히 꽃을 피우는
사막의 선인장처럼

삽시간에 백 리를 달리고 천 리를 뻗는다
백 리와 천 리를 한 걸음으로 묶는다

사막의 꽃처럼

천 년 전에도 만 년 전에도 지났던 길을
낙타와 두개골과 양피지를 굴리며 간다
그렇게 날아가서 다시 모이는 곳
지상의 모든 책이 불탄 자리다

그해 여름 시집들

산중턱 나뭇잎이 바람에 쓸리나 했는데, 휘리리릭 문밖
으로 빠져 달아나는
시집 교정지들

슬리퍼를 끌고 계단으로 마당으로 연못으로 소낙비처럼
뛰었는데
아니 이럴 수가, 내 손에 붙잡힌 건 백지 몇 장이었다
크고 작은 활자들이
찔레 열매마냥 툭툭 터져서
천지간의 제자리로 돌아가 버렸다

일기예보의 빗방울은 내리지 않고
땡볕 아래 오래오래 서 있는
담장들, 내가 앉았던 자리의
해바라기들, 저들도 무언가를 견뎌 내는 중인데

고추밭 메는 아낙네의 머릿수건을 따라
밭고랑이 구불구불 이어지고, 기울어지고, 성큼성큼 내
려앉고

옥수수 대궁 너머로 흘러가는

뭉게구름들, 재생 종이로 만든

시집 같았다 그해 여름의 시집은 그러하였다

그해 여름의 8월은

이럭하고도 견뎌야 할 8월이라면
개고기 삶던 국솥을 어이하랴
종부성사를 청할 겨를도 없이
산허리의 독거(獨居)는 당산나무 곁으로 돌아가시고
개고기 삶던 국솥이 빗물로 채워진다
이럭하고도 건너야 할 8월이라면
옥수수 밭고랑에서 질척거리는
마을회관 확성기 소리는 어찌하랴
개고기 삶던 국솥에서 넘쳐 나던
개고기들, 하수도 구멍의 검은 양말을
복면처럼 두르고 앉았는데, 이토록 질겨 빠진
8월이라면, 썩지 못한 옥수수 뿌리는 어떡하랴
공중에 세워 둘 대궁과
암술 수술의 어여쁜 꽃술과
통통하게 알을 밴 옥수수를 잃은 채
쇠스랑처럼 꽂혀 있는 뿌리들
말발굽처럼 밭고랑을 내달릴 것 같은데
이럭하고도 견뎌야 할 8월이라면
암컷 고양이를 가운데 두고

갸르릉거리는 저 눈빛들을
어이하랴 어느 벌판으로 내몰고 뿌리치랴
손바닥을 펴면
꽃잎 벙글듯 열리는
매지리*의 하늘은

* 강원도 원주시 흥업면의 마을 이름.

새

내가 돌 밖으로 빠져나갈 궁리를 했을 때
날갯죽지가 아팠고 발목이 부서질 듯하였다
내 가뭇없는 꿈결처럼, 수천 겹의 생이
흘러갔을 것이니, 뼈마디가 쑤시는 건
당연한 일

햇빛에 눈이 멀까 두렵다
깊고 어두운 손길 하나가 나를 여기에 심어 두었다
흘러온 길을 알 수 없는 물결의 흔적 같고
화석에 박힌 얼룩무늬 같다
몇 발짝을 걸어가면
햇빛 세상

되돌아오는 빛은 없었다
수천만 년의 별똥별이 흘러내렸고
천군만마의 발굽 소리가 지나갔다
헛것을 본 건 아닐 것이다

이곳을 다녀간 발자국은 아직 없다

여긴 너무 캄캄해, 이윽고
천둥 울고 번개 치는 그믐밤이다
또 날갯죽지가 아프고 발목이 부서질 듯하다

이런 밤이 아니고선
이 굽은 등허리를 일으킬 수 없겠다
돌 하나의 영겁을 깨뜨릴 수 없겠다

돌의 초상·1

안쪽에서 시작되었으니
그리로 굽이쳐 들어가는
회백색 무늬, 테두리가 너무 밝고 뚜렷해서
귀두석(龜頭石)이라 칭했는데, 밤이 깊을수록
희멀건 눈알을 번들거린다

어이 주인 양반, 글 쓰고 있나?

그리고는
까마득한 침묵 속으로 걸어가는 것인데
한번 발을 들여놓으면
되돌아 나올 길이 끊기는 곳인데

침묵의 내벽이 긁히는 듯
비바람 소리가 쓸려 왔다
자욱한 눈발 너머
나무둥치 쓰러지는 소리가 들리기도 했다

안쪽에서 회오리쳐 나왔으니

그리로 들어가는

돌의 침묵, 거길 한번 파 봤으면 했지만

돌덩어리 안쪽으로는

손가락이 들어가질 않았다

돌의 초상·2

목계나루에서 건져 온 돌덩어리 하나
이걸 나의 두개골이라고 하면
안 되겠나?

죽기 살기로 뿌리쳤던
나의 죽음이 여기서 고요히 숨 쉬는 듯하다

두개골을 쓰다듬듯 돌을 굴리면
살가죽 홀라당 벗겨졌으니
스스로를 용서 못해
불타는 돌

공중을 날아가며 불붙는 돌
아직도 땅바닥으로 떨어지지 못한 돌
저수지 흙바닥에 닿지 못한 돌
그런 돌이 있는데

책상에 얹혀서 빈둥거리는
돌덩어리, 목계나루 물소리를

들려줬으면 하는데

두개골처럼
나의 두개골처럼

텅 빈 눈구멍으로
햇빛 추운 내 얼굴을 놀래켜 주고 있다

돌의 초상·3

이런 걸 생(生)이라고 말할 수 없을 만큼
이건 거의 백치에 가까운 돌멩이
불에 그을린 이마는
스스로를 징벌한 흔적이다
해와 달의 발자국은 뭉개지고 말았지만
구멍 뚫린 입이어서 신음 소리를 내는데
이제는 그 말을 알아들을 수 없구나
육신의 병을 얻어 위안을 찾은 몸
고통으로 보상받는 육체의 쾌락이니
눈알 뒤집는 게거품이라도 흘릴 것 같은데
물기 빠진 육신의 모래밭을 지키듯
치매 병동 유리창에 얼비쳐 있다
이런 게 생이냐고 반문하고 싶은데
이건 백치에 가까운 돌멩이
한세상 물굽이를 잊은 듯하지만
물 젖은 무릎이 아직은 선명하고
바람 빠진 뼈마디를 버팅기고 굴리면
기꺼이 저렇게 땅바닥엔 닿는구나

땡볕

이쪽은 풀밭이고 저쪽은 찻길인데, 죽음 하나가 길바닥
의 뱀을 물고 신음하고 있다 뱀의 대가리는 차바퀴에 뭉개
지고 없지만 죽음의 독니는 저의 독액을 뱀의 비늘 안쪽으
로 흘려보내지 못했다 뱀의 꼬리가 꿈틀대는 동안, 죽음의
목구멍은 땡볕을 헐떡거렸다

다리목에 앉아 놀던 여름 하루가 배곯던 오후를 견디다
못해 뱀 한 마리를 끌고 가던 중이었다 휴가 차량 몇 대가
국도를 지나갔고, 가드레일 너머의 네발짐승들이 저의 죽
음을 숨 쉬듯이 염탐하던, 34번 국도의 오후 2시였다

노름꾼처럼 곁눈질하는

그리하여 어느 날, 대장 내시경검사를 받았는데
화창한 봄날의 벚꽃 터널이
모니터 화면으로 들어왔다 그리하여
어느 날, 물길 따라 흐르는 벚꽃 구경을 나섰는데
춘천 막국수집 간판은 국도에 있었지만
국숫집은 컴컴한 굴다리를 통과해야 했다
버무린 국수를 또 버무리듯, 입심 좋은 쌍과부의
걸쭉한 입담을 육수처럼 얻어먹고 나니, 그날의
함석지붕 위로 내리던 빗줄기는
힘이 빠져 있었다 밑천 털린
노름꾼 같았다 힐끔힐끔 내 눈치를 보는
바지춤 아랫것을 제자리에 털어 넣고
이 한목숨 날벌레
물그릇에 잠기기 전에
이 강산 낙화유수 깨춤 추듯 돌자고, 그렇게
승용차의 시동을 걸었는데, 고무 다라이의
막창 대창들, 거기에도
허기진 창자들의 핏물이 그득했다

내 눈이 춤추고 경중거리는

영덕 대탄 앞바다, 캄캄한 바다, 부교처럼 떠 있는
불빛들을 보았는가 탐조등 불빛을 물밑으로 들이밀고
북 치고 장구 치고 발을 구르고
고성능 확성기로 고함 소리 틀어 놓고
멸치 떼 군단을 이리저리 몰더니,
쌍끌이 그물로 끌어올리는 은빛 기둥들
걷잡을 수 없는 굉음과
눈 따가운 빛줄기, 혼절하듯 떠오르는
비린내, 비린내들, 북 치고 장구 치는
목쉰 노래들, 내 눈이 춤을 추고 경중거리는
숨 막히는 땀 냄새의 아라리 난장, 저토록 어기찬
다큐멘터리가 있었으니, 영덕 대탄 앞바다
캄캄한 바다, 눈을 감을수록
내 눈의 물골을 환하게 틔워 주는 것이었다

4월의 검은 나무둥치
— 비슈케크*일기(日記)·1

만년설의 봉우리가 하루하루의 위안이었다
비슈케크의 벙어리 시인
4월의 검은 나무둥치 아래
제 이름을 쓴다 거칠고 메마른 땅바닥에 새기는
모국어의 이름 석 자, 알라신을 부르는 회교 사원의
저녁기도 소리처럼 흙먼지에 쓸려 가고
철길의 개나리꽃이 피어나고
살구꽃이 벌어지듯

진눈깨비 흩날리더니, 빗줄기 쏟아지고
오, 들리는 목소리, 들리지 않는 목소리들
도브리젠**과 하라쇼***에 에워싸인
비슈케크의 벙어리 시인
제 목숨의 허기를 쫓아
천산산맥 기슭에 이르렀으니
4월의 검은 나무둥치에 이마 기댄 채
유목의 붉은 피를 꿈꾸기 시작했다

가시덤불의 비닐봉지
— 비슈케크일기(日記)·2

비슈케크의 벙어리 시인, 열흘 만에 입을 열다

검은 암벽을 흘러내리는 희고 붉은 흙모래들, 돌산 봉우리가 적빈(赤貧)의 고요를 견디지 못한 탓이리라 내 몸의 허기도 저 골짜기 어디쯤에서 굶어 죽기를 바라는데,

검은 암벽의 희고 붉은 흙모래들, 협곡의 좌우를 비단처럼 수놓았으니, 천로역정의 실크로드가 여기였던가 천년을 숨 쉬는 바람의 습곡들, 오늘은 햇빛을 차곡차곡 쟁여서 내 시야에 붙잡혔으니,

해발 3,300미터를 치달아 오르는 벼랑길, 이쯤이면 이 목숨도 굽이굽이 휘어지는 유목인 듯 했지만, 산모롱이 벼랑길이 까마득한 평원으로 뚝 떨어지더니, 황야의 흙먼지 속으로 사라졌다

풀 한 포기 돋지 않는 절벽의 가시덤불, 거기서 펄럭이는 비닐봉지들, 저의 색깔과 형체를 털어 내고 있었으니,

적멸의 뼈마디를 뚫고 가는 바람 소리, 거기서 울려 오는 목소리가 있었으니, 이제 그만 돌아가라, 여기엔 시(詩)도 없고 문장도 없고 은유도 없다, 야생의 헐벗은 통나무가 되어라!

  비슈케크의 벙어리 시인, 잠자코 입을 닫다

만년설의 흰빛을 수의처럼
—— 비슈케크일기(日記)·3

평생토록 흙먼지 속을 떠돌던
눈먼 사람들, 헐벗고 헐벗어 돌무덤이 되었다
이젠 돌문을 열어젖히라고 하였지만
설산 봉우리만 햇빛에 번쩍이고
돌 속으로 뿌리를 감추는
비바람의 얼룩들, 내 살갗처럼 붉었다
그 어떤 적빈(赤貧)이 저리 붉으랴
그 누구에게도 눈길 한 번 준 적 없는
적빈의 주검들, 만년설의 흰빛을
수의(壽衣)처럼 감고 있다 골짜기 눈구덩이가
산봉우리로 밀려 올라가고, 그만큼 그만큼씩
산기슭을 내려오는 초록빛 융단들
제비꽃을 올망졸망 흔들어 주더니
협곡의 평원으로 달려 나갔다
평생토록 풀을 뜯는 양떼가 흘러갔다

국경의 묘지
—— 비슈케크일기(日記) · 4

오슈* 외곽의 국도가 끊기자, 안간힘을 쓰듯
도로 귀퉁이에 매달린 공동묘지는
햇빛 자리를 오목하게 담아내고 있었다
국경 분쟁의 총소리에 새 떼처럼 흩어진
국경 난민들, 여기서 이쪽에서
저의 누더기를 벗어 버린 곳
이른 봄날 꽃집 앞 꽃모종처럼
민들레가 오종종 피어 있었다
자생종인지 외래종인지 알 길 없고
봉분의 너그러움은 오간 데 없고
묘지 곳곳에 꽂혀 있는 창날들
묘역을 구획 짓는 쇠말뚝의 녹물이
흙바닥을 움켜쥐듯 흘러내렸다 땅 밑에 누워서도
지상의 창살에 갇혀 있는
감옥들, 높고 낮은 묘비는
땅에 묻힌 얼굴들의 생몰연도를 문패처럼 달고 있고
그 아래쪽
민들레꽃 몇 송이, 국경을 넘어오는
남서풍에 나부낄 때,

잠시나마 주위가 환해지는 듯 했는데
쇠 울타리 아래쪽의 민들레는
독초(毒草)마냥 샛노랗게 파들거렸다

* 키르기스스탄의 국경도시.

어느 생의 언젠가를
— 비슈케크일기(日記)·5

터무니없는 억측이 아니었다 지척 모를 안개가
산 계곡을 뒤덮어 세 번째 산행도 벼랑 끝에 서게 됐다
한 번은 강추위로, 그다음은 폭설로
발이 묶인 곳, 알라하르차*

설산의 지붕을 신성(神性)처럼 받드는 발걸음은 아니었지만
어처구니없는 맹목에 까닭 하나 세웠다면
동굴 폭포에 이르렀으리라 우묵한 암벽에서
물줄기 쏟아지면, 등허리를 받쳐 놓고
그 무엇을 목청껏 외치고자 했던가 그렇게
폭포를 우러르고 싶었지만
꿍꿍이속은 따로 있었던 것
한 번은 이 골짜기를 걸어 보고 싶었던 것

누군가 나 대신 걸어갔던
길바닥, 어느 생의 언젠가를 통과했던
길목들, 산 계곡은
폐허의 원시림마냥 끝 간 데 없고
돌 부스러기를 강바닥으로 털어 내는데

여기까지 허락된 발걸음인 것
범접 못할 비경은 절대의 영역인 것
터무니없는 억측이 아니었다 지척 모를 안개가
하산의 벼랑길을 캄캄하게 파묻었다

* 천산산맥 기슭의 키르기스스탄 국립공원.

설산의 붉은 창고
— 비슈케크일기(日記)·6

나에겐 혀끝으로 놀려 대는 언어밖에 없는데
설산에 얹혀 있던 녹슨 창고 하나, 찰나처럼 스쳐 간
이미지였다 나에겐 책방에서 구입해 온
언어밖에 없는데, 눈밭을 타고 넘는 전봇대 사이로
성채(城砦)처럼 빛나던 컨테이너, 어쩌다가
거기에 버려졌던 것인지, 천산산맥 골짜기가
비바람의 흉터를 더듬고 비비고 핥으라고 하였다
시를 쓰라는 것이었다 끝내는 되짚어 가야 할
모국어, 나는 불의 아궁이를 파고들었고
얼음 창고에 감금되고 싶었다 그것이
시인지는 알 길 없었지만
내 가슴 쪽으로 환하게 밀려오는
수로(水路)의 물길처럼, 산 계곡으로 쏟아지는
별빛을 피해 갈 데가 없었다 땅바닥을 걷고 걸어
내 몸에서 울려 나오는 목소리를 들었다

철사처럼 경련하며 뻗어 가는 힘이
— 에곤 실레, 「무릎을 꿇은 여자 누드」(1910)

벗겨 놓은 육체는 차갑고 메마르다

저만큼의 높이에 이르러 저절로 갈라진 나뭇가지처럼
팔은 좌우로 나뉘어져 있고, 말라붙은 근육의
힘줄들, 철사처럼 경련하며 뻗어 가는 힘이
오직 한곳으로 쏠리고 있다
휑한 눈이다 공터처럼 고요한

상반신을 구부려서
엉덩이를 치켜올려 주면 좋겠는데
마냥 희뿌옇게 열어 놓은 가랑이, 피딱지처럼 얼룩진 거
기가
그녀의 음부임을 말해 주고 있는데, 무수한 눈길이
그쪽으로 지나가고, 거기에 맺히는
오후 2시의 나른한 슬픔들

벗겨 놓은 육체의 빛깔들이
서걱거리며 부서진다

상체를 일으킬 생각을 접어 버린 누드는
알록달록한 색을 입힌 미라 같다
거기에 붓끝을 들이댄 사내가 견뎌 낸
그 오랜 밤낮의 내전처럼
캄캄하게 타오르는
사타구니, 내 눈을 붙잡고 놓아주지 않는다

금빛의 가운을 두른다고 해서

— 구스타프 클림트, 「키스」(1908)

여자는

무릎 꿇고

남자의 목을 껴안고 있다

여자의 등허리 아래쪽은 벼랑이다

저토록 위태롭고 달콤한

순간, 금빛의 가운을 두른다고 해서

두 입술 사이로 햇빛이 강물처럼 녹아들 순 없는

일, 여자는 두 팔을 떨고 있다

남자는

여자의 머릿결을 쓰다듬는다

얼굴을 꽃 대궁처럼 밀어 올리는 여자의

눈꺼풀 안쪽, 푸른 눈동자는

새벽 공기의 빙초산 냄새를 풍기고 있다

목구멍 깊숙이 타액이 흘러드는 듯

여자는

제 몸의 꽃숭어리를

발꿈치 아래의 벼랑으로 흘려보낸다

한통속으로 섞였다가 흩어지는 물감처럼
빛바랜 화폭처럼
낱장으로 떨어져 나갈
입술들

남자는
여전히 숨을 고른다
남자의 늑골 어딘가에 천국이 있다는 듯
여자는 무릎 꿇고 매달려 있다
실금 같은 햇빛이
얼굴에 칼금을 새길 때까지

꽃송어리 송어리가 무너져 내리는 곳
여자의 등허리 아래쪽은 언제나
벼랑이다

해골성당

신을 향한 기도가
저리 많은 뼈다귀를 매달아 놓은 것인가
신의 악취미가 저러했던가 그 이름처럼 기괴했던
해골성당*, 관광객 발길로 문턱이 닳는데

흑사병의 주검들, 장미꽃 천국의 복락을 누리다가
지하 납골당으로 내려갔을 것인데
통주저음으로 가라앉은
중세의 어둠, 차라리 거기가 카타콤이었다면
무릎 꿇고 통회하듯 눈물 쏟았으리라
—주여, 당신의 두 눈을 광목으로 가려 놓고,
손가락질해대고, 침을 뱉고, 바가지로 두드려서 내쫓았
나이다
그렇게 울먹이며 뒷걸음질했으리라

골고다의 흙 한줌으로 축복받은
납골당, 지하 계단을 빠져나올 때
희뿌연 빛줄기가 신성(神性)처럼 빛났던가
계단에서 출렁이던 머리카락 사이로

지상의 햇빛들 정신없이 흩어지고

성당 앞마당의
삼나무들, 벌 떼가 솟구치는
형상이었다 천국의 사다리처럼 아득하였다

* 체코의 쿠트나 호라에 있는 코스트니체 세드렉 성당의 별칭.

3부

밤의 트랙

별자리 흘러가는 밤하늘의 트랙이
공원 산책로에 내려와 있다
러닝머신을 걷듯, 밤의 트랙을 도는
산책객들, 트랙을 돌면서
결국은 고립되는 발걸음들이다

길바닥의 웅덩이는
진흙과 모래로 버무려진 슬픔 같은 것인데
어둑한 숲길을 돌면서
진흙이나 모래가 되지 못한 채
붕대 감은 미라처럼 되돌아오는
형상들, 밑도 끝도 없이 뭔가를 중얼대고 있는데

저것 봐, 어둑한 숲길을 돌면서
해맑은 소년이 된 얼굴이
너구리가 된 얼굴이
흡혈귀가 된 얼굴이
골목으로 거리로 아파트 단지로
온다간다 말도 없이

해질녘의 거미줄

이런 장벽이 있을 줄이야, 내 얼굴에 달라붙는
해질녘의 거미줄, 저의 영역을 넘어오지 말라는 듯
거미줄 너머의 숲이 한참 더 어두웠다

나는
나에게만 골똘하여서
오늘 하루 햇빛의 얼룩을 지우듯
거미줄의 방어막을 뚫고 나가는 것인데
거미줄 형태로 분할되는 얼굴

바람에 쓸리듯 잎을 뒤집어
저의 입을 틀어막는 후박나무들
거기서 무슨 일이 있었던가
해지기 전 후박나무는 거기 없었다

어디선가 흘러온
이쪽과 저쪽의 뚜렷한 경계, 거미줄은
아파트 창밖으로 이부자리 먼지를 털고 사라지는
손가락처럼 웅덩이의 물처럼

출렁거리며 빛나더니
캄캄해졌다

이런 올가미에 목이 걸릴 줄이야
거미줄을 뚫고 나갈수록
숲은 더욱 어두워지고, 거미줄이
얼굴에서 떨어지지 않았다

둘레길의 원둘레

이제야 믿겠다는 발걸음이지만 끄트머리가 불안하다
막다른 골목이 무너지고 말았다

북한산 기슭에 밑줄 쳐진
테두리

둘레길은
결국 제자리로 돌아와야 한다는
묵시록 같은 것, 예언의 나뭇잎은 삭풍에 떠는데

목책의 밧줄을 좌우익으로 나눠 놓고
평평하게 누워 있다 평지풍파를 일으키듯
발자국들이 쏠려 간다

도시의 불빛 위로 떠오르는 지옥도(地獄圖)
무작정 빨려 드는 터널과 같고

헛짚은 책략의 위태로운 난간이다
구름의 망루가 붕괴된 자리

둘레길의 원둘레, π의 값을 추적하면
3.14가 무한대의 우주로 뻗어 가지만

둘레길은
무한궤도의 사슬이 내려앉은
위리안치 함정이다

결국은 제자리로 되돌아오는
제로섬게임, 무덤가에 꽂혀 있던 우산처럼
활짝 활짝 팔 벌리며 꽃피던 달빛들 그윽하게 이울고
묘혈이 빛난다 치주염 앓던
치아의 뿌리마냥

낙상(落傷)

보기 좋게 벌러덩 나자빠지지도 못한 채
비탈길을 헛딛는 순간, 아이쿠 소리를
들었는데, 누구의 음성인지
나도 몰랐다

여태껏 그를 알아보지 못했다
내 몸에 깃든 사람 하나
벼랑으로 떨어지기 직전의
외마디소리

부지불식간의 아이쿠
까마득히 잊고 지낸 아이쿠

감감무소식의 아이쿠가
생면부지의 사람 하나 들춰냈던 것이니
비로소 내 면상이 화끈거리고

그토록 그에게 빚진 일이 많았던가

이토록 기막힌 아이쿠

무시무시한 아이쿠

순식간의 아이쿠

분명코 누군가의 목소리를 들었는데

잡목림 덩굴이거나

허공의 어디선가 울려온 것 같았는데

내가 아는 통나무는

내가 아는 통나무는
노숙의 험한 날을 혼자 지낸다
땅바닥에 긁히고 시멘트에 멍든

아파트 공터의 통나무는
산 계곡의 비바람으로 살아가길 원했다
혼자선 벗을 수 없는 나이테의 감옥을 두르고

창밖의 어둠을 지키는 통나무는
제 모습을 유리창에 비춰 보는 통나무는
자신을 끌고 다니던 팔다리를 잃었다

울울창창한 가계(家系)의 중심이던 통나무는
저의 식솔을 전지당한 통나무는

한 번쯤은 폭발하는 분노를 보여 주고 싶었다
북상하는 해일처럼

철망 울타리에 갇혀 버린 통나무는

어이 거기, 사팔뜨기를 불러 세우고
어처구니와 청맹과니를 깔아뭉개던 통나무는

전기 톱날에 몸통이 잘려 나갔다 비로소 펼쳐지는
눈부신 나이테, 거기
날개를 펴다 만 새가 너울거렸고
벌목장의 진흙이 송진처럼 끓어올랐다

통나무를 대신하여

나는
진흙 바닥을 뒹굴었던 사람
나무귀신의 그믐밤을 빠져나온 사람
여긴 발목 없는 유령들이 떠다니는 골목이니

저 통나무를 대신하여

나는 천둥 번개를 맞으며 벌판을 걷는 사람
천둥소리를 지붕처럼 머리에 얹고
머리카락을 활활 불태우는 사람

여긴 유령들의 입김만 희뿌연 골목이니
나는 소낙비처럼 쌍욕을 해 대는 사람
무작정 당신들께 대드는 사람
가드를 내린 복서처럼
자 때려 봐 때려 봐, 울부짖는 사람

저 통나무를 대신하여

나는
차라리 이렇게 얼굴을 감싸 쥐고
불구덩이에 내 몸을 파묻고 싶은 사람

눈 내리는 아침의 가로수로 일어서고 싶은 사람

저수지라고 부르기엔

남몰래 꺼내 보는 손거울처럼, 그렇게 숨겨 둔
미촌못*인데, 무너진 얼음장이
창날마냥 공중으로 솟아 있었고, 그 아래쪽으로
주둥이를 들이민 배수관들, 진흙 바닥의 물기를
쥐어짜듯 훑었다

갑각류 등허리처럼 파인 물골들

저수지라고 부르기엔 너무 작고 예뻐서
이태 전 내가 밤낚시를 했던
곳, 잔물결 토닥이던 붕어는커녕
물벌레 하나 보이지 않았다
굴삭기 두엇 딴전 피우듯
방죽 귀퉁이에 우두커니 서 있었다
그해 여름 가뭄으로 물길 끊기자
못은 누더기를 걸쳐 입고
저의 부끄러운 아랫도리를 숨기곤 했는데

거기에다 쇠파이프를 틀어박은

펌프질, 펌프질의 옆구리가 요동칠수록
물골은 더 깊은 물골을 후볐다
제 어미의 탯줄을 더듬듯
물어뜯듯

* 강원도 원주시 흥업면 매지리의 못.

계곡지 밤낚시

외진 데로 숨어서 몰리는 낚시꾼들
저들의 등허리는 완강하다 저기서 저만큼씩
세상을 버린 듯, 저의 몸 하나씩을
덤불처럼 둘러치고
물속을 투시한다 수면은
언제나 흐릿하다 떡밥처럼 풀어지는 맹한 눈으로
맹목의 하룻밤을 건너가는

갈수기의 저수지는
목이 탄다 물의 표면장력이
아직은 댐에 갇혀 있으니,
붕어의 주둥이가 수면을 찢는
파천황, 아가미가
꽃처럼 붉다

낚싯줄에 감겨 오는 전율, 그때 저수지는
온몸을 떨었고, 나에게도
짤막한 죽음이 왔다 죽음처럼 오르가슴처럼

주둥이가 찢긴 채 물 위로 끌려가는
생짜배기 고통을
거기서 그렇게 맛보고 싶었다

떡밥 주무르는 재미로 낚시를 한다는 건
누리끼리한 거짓말이었다

동짓날 가마솥의 팥죽 같은
— 제주시편(詩篇)·1

제주 바닷가의 곰보딱지 돌덩이들
동짓날 가마솥의 팥죽 같고
꽃 진 자리의 흉터 같구나 화산 꽃,
붉은 꽃, 캄캄하게 타 버린
흑매화로다 겹겹의 꽃잎마다
제주 바다 짠물이 그렁하지만
불의 탯줄을 끌고 달려온
불의 허기들, 그 위에 잠자코 손을 얹었다
흘레붙듯 남몰래 엎드려 보았다 아직도
이 땅에 정 붙일 데 많다는 듯
돌의 배꼽에 사타구니 쑤실 때,
머리 위에서 빛나는
해안 절벽들, 의족도 달지 않고
통깁스를 감고 있었다 화산먼지와
수증기가 모래 폭풍처럼 쓸려 간
구릉, 영세불망의 머리띠를 두른 채
검붉은 돌멩이를 입에 물고 있었다
제 속을 끓이다 못해 몸을 태운
돌멩이들, 거기에 눌어붙은 헝겊 조각처럼

내 그렇게 한세월을 살아가고 싶었다

파도가 애월이라고 소리치던
— 제주시편(詩篇)·2

전생의 한 시절을 여기서 살았던 듯
걷잡을 수 없는 울음이 터지고
울음의 웅덩이가 발끝에 고이고
햇덩이는 공중에서 징처럼 빛났습니다

물은
달의 에움길을 따라서
달빛이 깎아 낸 벼랑길을 지나서
내륙의 늑골을 파고들고 있었지요

먼바다의 풍랑을 거쳐서
여기 와서야 선명해지는 물빛처럼
내 그렇게 전생을 살았던 듯

검은 바위에 얹힌 물이
양동이처럼 찌그러지며
애월, 애월이라고 소리쳤어요

석양의 묘비들은 금빛으로 타올랐구요

오름길 곳곳의 분화구는
꽃받침 같았는데

일몰의 꽃받침을 깔고 앉아서
먼바다 물결에 넋을 주고 있었을 때,
내 캄캄한 후생의 얼굴들이
겹겹의 파도로 떠밀려 왔습니다

물밑의 검은 여
— 제주시편(詩篇)·3

물속을 헤엄치는 검은 개의 대가리가
물 위로 솟구치고 있다
밤낮없이 뭍을 향해 헐떡이지만
물살을 밀어젖힐 팔다리가 없구나

누가 손짓하여 부르지도 않는데
흑산도 아가씨 노랫말처럼
천 번이고 만 번이고 밀려오는
검은 여
물밑의 검은 여

눈먼 눈으로 더듬지 않는 길이
또 어디 있겠냐만, 제주 바닷가를 떠도는
이 몸 하나는
벙어리 냉가슴의 해안 절벽처럼
부둣가 확성기의 흑산도 아가씨를
천 번이고 만 번이고 되뇌는 것인데

수평선은

일생을 바쳐서 수평을 얻었기에
저토록 고요하게 출렁이는데

날개 잃고 깃털 뽑힌
검은머리독수리
물밑의 천 길 벼랑을 파도치고 있다

콜라비
—— 제주시편(詩篇) · 4

폭탄처럼 생겨 먹은 콜라비, 고산리 겨울 벌판을
뒹굴고 있었다 몸통에서 뻗어 나온 줄기들이
푸른 도화선으로 꽃을 몰아가는 힘이*
눈 덮인 땅바닥을 움켜쥐었다

콜라비는 양배추와 순무를 교배시킨
쌍떡잎식물, 순무보다 달콤하게
아삭아삭 씹히는
제주시 한경면 고산리의 특산품인데

내 옆방의 떠돌이 사내, 밭고랑의 콜라비를
폭탄처럼 안고 와서
폭탄처럼 웅크렸고
폭탄처럼 속으로 오래 울었다

멀리서 가까이서 흘러가는 말들
천지간의 목가적인 풍경이지만, 여태껏
허리 한 번 제대로 펼 수 없었던
허기진 말 좆들을 덜렁거렸다

사내는

애월 쪽으로 떠난다고 했다

콜라비를 폭탄처럼 배낭에 넣고

나에게 사흘 치 미역국을 끓여 주고

올레길 모퉁이를 빠져나갔다

바람을 밧줄로 묶는 손이*

그의 팔다리를 감고 가듯이

허기진 말 줏들의 세월 속으로 떠났다

* 딜런 토마스의 시 「푸른 도화선으로 꽃을 몰아가는 힘이」에서 인용.

파도는 저렇게 몸을 세워서
— 제주시편(詩篇)·5

파도는 파도쳐서
여태 한 번도 말해진 적 없는
파도가 된다

그 어디에 몸을 세워도 사방이 환하다

파도는
스스로의 높이를 견딜 수 없어 허물어진다
한 무더기 누더기나 개 같은 것이*
팽팽하게 감아쥐는
한 획의
수평

파도는
헐벗은 맨몸을 걸어 둘 데 없으니
부딪치고 싸워서 저희들을 기억한다 꼭 저렇게,
쓰레기가 밀리는 해변이 있듯이
눈먼 파도가 나에게 달려와서
내 죄를 묻겠다고 공중으로 떠오르고

파도는 파도쳐서
사문난적의 깃발처럼 흔들리는데
어찌 저 바다를
내 전신 거울로 삼고자 했던가

바다는
파도 한 자락 끊어 먹지 못했고
파도는 파도쳐서
두 번 다시 말해질 수 없는
파도가 된다

* 프란츠 카프카의 저서『꿈같은 삶의 기록』에서 인용.

숲의 외곽

커브를 돌면 저절로 풀리는 핸들처럼
숲이 일렁거렸다 숲은 그렇게
나에게로 왔다 머뭇거리고 설레며
고개를 숙인 채

문득문득 나무들이 울타리를 이루었고
납골당 유치 결사반대 현수막이
숲의 외곽을 흔들었다

숲은
저의 가슴에 무수한 무덤을 품고도
그 놀라움을 표하지 않았고

오줌버캐처럼 허연 밤꽃을
뒤집어쓰고 있었다 몇 가닥의 밧줄이
터널 속으로 사라지듯
숲길은 끝없고, 끝없이 움직여서
저녁 빛이 환했다

잠자코 저의 발등을 내려다보는

나무들, 언어의 매혹에 붙들린
시인들 같았다 불탄 숲의
공터를 지키는

침묵의 흙덩어리들, 끝끝내 되돌아올 수 없는
지점, 거기까지 가서
이 몸 하나
통나무 불길로 타오르고 싶었는데,

굴삭기의 삽날 자국이 번쩍거렸다
천막처럼 내려앉는
숲의 외벽들, 가까스로
어둑한 숲길을 빠져나올 때,

숲은
멸종된 공룡처럼
강 건너 불빛을 굽어보고 있었다
공룡의 멸종을 지켜본
나무, 낙우송과(科) 삼나무속(屬)도 섞여 있었다

숲의 다큐멘터리

1

지상 어디에도 숨을 데가 없으니
비인칭(非人稱)의 나무에 기대어
산다

발밑으로 터널이 뚫리고

마땅히 비켜 갈 자리가 없으니
숲은 언제나
가까스로 숲이다

발걸음을 옮길 때마다
숲은 가까워지고
또 멀어진다 이젠
숲과 나란히 걷는 일이 불가능하다

2

언제나 그랬듯, 숲의 입구엔

아버지의 문패가 걸려 있었다 아버지의
아버지, 아버지들의 땅, 거기서 나는
원시림의 불을 안고 왔던 것인데,

번갯불이
숲의 머리카락을 불태울 때,
숲에서 죽은 인간들이 하나둘씩 걸어 나왔다

그때, 숲은
저의 굶주림을 헐떡거리는 짐승 같았고
붉은 목구멍의 흙덩어리를 보여 주었다

3

언제 첫발을 들여놓은 지 알 수 없다
출구가 따로 없으니, 입구도
그러했다 숲은
사방으로 열려 있었고

나는

톱과 낫을 들고
숲의 나무들과 싸웠지만
무모한 세월만 공터처럼 남아 있다

그러고 보니, 나는
저 숲을 머릿속의 딱딱한 사물로 여겼던 것이다
비로소 내 두개골 바깥으로
나무뿌리들이 뻗어 나가고

땅 밑에서 얽히는
뿌리들, 등산로 길바닥의 나무뿌리는
땅의 굴곡을 온몸에 새긴 채
공중의 햇빛을 받들어 올리는데,

내 얼굴을 몇 번 뒤돌아보더니
어둑한 숲으로 들어가더니
여태 나오지 않는 발걸음
여럿 있다

4

어디 가서
이런 말 하지 마, 숲은
머뭇거리지 않고, 실패를 두려워하지 않으며, 스스로를
감옥에 가두지 않는다 숲은
사막처럼 움직이는 나의 글쓰기와 같고

그 한가운데
해시계의 나무 한 그루를 세워 두었다

천둥 번개 울던 밤, 질척거리는 어둠 속에서
번쩍번쩍 솟구치는 척추가 휜했다
공중에 새겨지는
한 줄의 시(詩)였다

5

노트 위의

문장들, 단어 하나를 빼내고 나니
휑한 여백이 생겼다 거기,
숲이란 글자가 들어앉았다

손전등 하나가
어두운 숲을 떠돌았다 숲은
기름 범벅의 바다를 헤엄쳐 온 가마우치처럼
날개를 푸득거렸고, 숲의 침묵이
묵시록의 책갈피처럼
어두워질 때,

내 그렇게, 목매달아 죽고 싶은
나무들이 많았다

6

숲의 귀퉁이에 매달려 살고 싶었다 굳이
이렇게 살지 않아도 될 것을, 이토록
많은 생을 살아 버린 것이니

숲의 외곽이 무너지고
재개발구역 담장이 쓰러지고

저의 발자국을 땅속 깊이 파묻는
나무들, 나무를 볼 때마다
1인칭의 나를 비켜 나갈 길을
묻고 또 물었다

헐벗은 이 몸 하나
익명의 나무 한 그루에 불과했던 것인데,

육신의 죄가 무겁다
죄가 스스로의 허물을 벗을 때까지
나를 대신하여 폭설의 아가리 속으로
머리를 들이미는
나무들

거기에다
내 목을 얹어 두고 싶었다

7

숲은
저의 내부를 너무 깊고 오래 들여다보았다 그리하여
더 깊은 숲 속으로 발걸음을 옮겨 갔고

숲은 결국
절벽이 되었다
되돌아설 자리를 잃고 말았다

8

협곡의 산길을 치받아 오르면
전조등 불빛을 되돌아보며
잽싸게 달아나는 나무들
어둠 속으로 사라지는
마차 바퀴 같았다

맞은편 바퀴에게
욕설을 퍼붓고 삿대질을 하면서
두 눈을 부릅뜨고 달려가는
바퀴들, 회전축 바깥으로 튕겨나가지 않았다

9

땅거미 지는 숲 속으로
총구를 열어 놓고
방아쇠에 손가락을 얹는 사내

거기, 뱀의 몸뚱이가 빠져 다닌
흙구덩이가 있었고, 달빛 내리는 밤이면
누에고치처럼 잠드는
칡덩굴이 있었다

밤 사냥을 하는 사내의 가슴 속에는
설명할 길 없는 공포가 술렁거리고*
검은 피의 영혼이 솟구쳐 올랐다

그게 바로 시(詩)였다

나는
진흙 속에 들끓는 귀신들의 넋두리를
똥 막대기로 건져 와서, 그걸 시라고 불렀다
팔다리 잃은 혼백의 울음소리를 팔 벌려서 껴안고 싶었다

10

나는
한 그루의 나무가
저토록 울창한 숲을 데려오리라고는
생각지 못했다

언제 그랬냐는 듯, 숲은
검은 복면을 벗고
제가 걸어온 밤길의 핏자국을 살폈다
나무가 나무에게 칼을 빼 들었고
돌이 돌을 내리쳤다

숲에서도
저런 학살극이 있었던 것인데,

여기, 의지가지없이
숲의 윤곽을 지키는
소나무 한 그루, 그 언젠가 손을 맞잡았던
고향 마을 동창생 같았다

그는
황달 낀 얼굴에 약봉지를 입에 달고
손목으로 영양제까지 맞으면서
나에게 미안하다, 미안하다고 말했다
문병 간 내가 더욱 미안했다

* 페데리코 가르시아 로르카의 연설문 「공고라의 시적 이미지」에서 인용.

발밑 싱크홀

이토록 단단한 발걸음 아래
언더그라운드의 세상이 있다 막다른 골목이
막다른 골목으로 치닫다가 내려앉은
구덩이들

아무 데서나 잠들고 누구에게나 입을 벌리는
구멍들

아무 데도 가지 않고
모든 것을 향하는
지하의 무정부, 무정부의 도시를
나더러 믿으라고?

여기가 어딘지 아직도 모르겠는
결국은 이런 꼴의 막장 드라마, 이런 막장이
또 어디 있겠냐만
발걸음을 옮겨 갈 수 없다

이런 악몽이 있을 수 없다고? 데자뷔가 아니라

부메랑이다 목을 향해 날아오는
부메랑, 백주대로의 처형장이다

복선 없는 트릭처럼
허구의 맨바닥이 너무 깊어서, 그래 이건
아가리야, 유령의 아가리야

어쩌면
귀신 고래의 물길이 흘렀겠고
눈사태와 모래 폭풍이 가라앉아 있겠다

아직도 여기서 누가 살고 있는 듯
중심에서 밀려난 변방들이
중심을 파고드는 중이다 지하 서고의 도참서에 기록되
어 있었으나
글자 몇 자 뜯겨 나간
미궁의 ■◆▼●이다

날마다 싱크홀

아직도 내 머릿속을 떠나지 않는
싱크홀, 이건 아무래도
멀쩡한 거짓말
그 맥락을 짚어 낼 수 없다

오늘 밤의 착지점을
가늠할 수 없다

눈먼 자들의 도시*가 여기였던가
갑자기 말문이 막히고

오늘 같은 밤의
바닥 모를 바닥을 견딜 수 없다

지하도 계단을 내려가면서
무심코 양팔을 쳐들었을 때, 나도 그렇게
새의 종족이었던 것인데

날개 없는 어깻죽지를 펄럭거리며

마천루의 뚜껑 같은 커다란 손바닥을 본다
태양의 흑점이 거리를 뒤덮고

여기, 모래 무덤 구릉들이 흘러간
자리, 이게 뭐냐고, 고개를 쳐들수록
커다랗게 입 벌리는
구덩이들

이젠 뭐라고 대꾸조차 할 수 없는
내 머릿속의 싱크홀, 영문 모를 꽃처럼
이토록 아름다운 거짓말을
되돌려 줄 인간이 보이지 않는다

* 주제 사라마구의 장편소설.

강 건너 무인텔

눈을 씻고 봐도 사람 그림자 없으니
여긴 아무래도 유령들의
러브텔, 한 뼘 두 뼘 늘어나는 어둠처럼
손가락이 자라고 팔이 생기고

몸 없는 헛것들이
뿌연 입김 내뿜는다 그때서야
유리창에 비치는 희고 긴 팔다리들

무인텔은
절해고도에 솟아오른 등대처럼
절해고도의 한세상을 비춰 주고 있으니

눈빛 퀭한 유령들이 들이닥치고

객실에 비치된 거울과 침대는
저렇듯 멀쩡하게 인간들의 것인데
몸 없는 것들이 몸부림하듯
혀와 혀를 녹이고

뼈와 뼈를 갉아먹는

이토록 목마른 밤의 터미널

비로소 얻어 낸 하룻밤의 천국을
혀와 혀로 녹이고
뼈와 뼈로 갉아먹고
창 너머 숲 속으로 순식간에 사라지는
구두들, 하나, 둘, 셋, 넷

객실의 문짝들이 관짝처럼 여닫히고
천장의 불이 환하게 켜질 때
크레디트가 올라가듯, 유령 천국은
여기서 엔딩, 해피엔딩

광장, 벽화

그리하여, 벽화로 남겨진 사내
광장 귀퉁이에 홀로 선 사내

그는 양옆의 손을 끌어당겨 쥐고 있었는데, 좌우의 사내는 저의 손을 맡겨 놓고 먼 길 떠났다 손과 손을 이어 주던 결속의 연대는 끊어지고

수 세기의 햇빛과 비바람이 지나가고

그가 미간을 찌푸린 채 나를 노려보았다 사내는 광장의 인파에 부대껴서 저런 표정이 되었을 것이다 이건 말도 안 되는 얘기지만, 나에겐 광장 콤플렉스 같은 게 있어서 이제야 그와 마주친 것인데,

여기서 들끓던 함성, 촛불의 행렬은 어느 먼 세상 얘기처럼 흘러가 버리고 광장의 얼굴들은 돌아오지 않았다 벽돌은 뜨거웠다

벽화를 그리다가 벽화 속으로 들어간 듯

광장 귀퉁이에 홀로 남은 사내

소설을 읽으면 저게 나라는 생각, 영화를 봐도 그랬기 때문인지, 광장의 사내가 잊히질 않는다 그의 눈빛을 떠올릴 때마다 팔다리가 저리고, 통증처럼 환하게 열리는

광장과 나 사이의
끝없는 벽화들

타오르는 춤

바람의 깃털로 흩어지고자 했으나
꽃의 빛깔로 흘러가고자 했으나
새의 날개로 떠오르고자 했으나
오직 하나의 춤이 되었다

애당초 이 자리를 원했던 건 아니다

저 기찻길을 정면으로 바라볼 수 없으므로
저 돌멩이를 받아안을 수 없으므로
붉은 머리띠의 함성을 불태울 수 없으므로

스스로를 불사르는 춤이 되었다

멀찍이 비켜 걷던 발걸음 저쪽에
땡볕의 광장과
침묵의 검은 십자가와
만장처럼 펄럭이던 깃발이 있었다

누구나 이 자리를 택하는 게 아니다

멀찍한 발걸음과 함께
내 사랑스런 쫑쫑이와 함께
내가 양육해 온 철면피의 국민연금과 함께
고린도전서 13장을 봉독하고 싶었으나

타오르는 춤의 형벌을 껴안게 되었다

멀찍한 발걸음의 외곽,
손바닥 두드리며 울던 절벽이
가랑이 사이로 빠져나가는 게 보였다

눈사람의 이름으로

나의 증오처럼
짓밟히고 뭉개진 눈의 상처들이
푸르스름한 얼음덩어리로 결속되어 있으리라

눈사람의 내부엔
북극 빙하의 크레바스가 끼워져 있고
지진해일의 날개가 잠들어 있겠다
껴안고 뒹굴고 고함을 쳐도
눈사람 안쪽이 깨어나질 않으므로

눈사람은 눈부시다

어떤 눈사람은
숯 검댕이 눈구멍이 움푹해지도록
우울증을 앓는다 사방의 빛을 견딜 수 없기 때문이다

눈사람은
제 발로 광장을 점거한 적 없지만
발길질을 당하고, 그럴 땐

난파당한 보트피플처럼 보이기도 한다

눈사람은
어떤 결의도 다짐한 적 없지만
두려워라, 말을 잃은 눈사람이 한꺼번에 쏟아 낼 말들

눈보라 굽이치는 날에는
거기, 은하계의 성단이 지나가는 것 같은데

골목에서 광장에서
어찌하여 저토록 눈사람인가
우뚝 선 눈사람들
내가 여태 나의 증오를 말하지 못한 게다

은둔하는 밤의 채널

잠 깬 새벽녘의 독주(毒酒)는
혼자 마셔야 마땅한 것, 더할 것도
뺄 것도 없이, 알코올 43%의
증류주

차고 맑은 취기가
머리카락 곤두세울 때
공중으로 뻗어 가는 나뭇가지들

새벽 2시의 창밖에 눈사람이 와 있다
혹한의 턱주가리를 떨고 있지만
섣불리 방안으로 모실 수 없는
북극의 손님이다

보르헤스를 읽다가 잠든 밤
잠시 뜯했던 눈보라 사이로
뱅골의 호랑이*가 빠져나가고
내 심장을 쏘라고 적진으로 달려가던
프란시스코 보르헤스 대령의 백마**가 펄럭거렸다

내 머리카락을 한 움큼씩 뽑아 간
시간의 손아귀는 공중에서 얼어붙었고
숲길 너머 철길에서 빛나는 세월

한 줄의 참회록도 없이
새벽 2시의 세월을 건너왔던 것이니
창바우가 운다 바위가 창날처럼 서 있던
고향 마을

이제는 그쪽으로 머리 두지 않으니
무주고혼의 바람 소리들

잠 깬 새벽녘의 독주는
혼자 비워야 마땅한 것, 창밖의 눈사람도
결국은 북극으로 되돌아가고

철길만 아득하게 남을 것이니
철길만 나를 기억할 것이니

* 호르헤 루이스 보르헤스의 시 「또 다른 호랑이」에서 인용.

** 호르헤 루이스 보르헤스의 시 「프란시스코 보르헤스 대령(1833~1874)의 죽음에 대한 언급」을 참조.

특파원 시절의 감옥

한순간의 비약을 꿈꾸며 달리는 문장들, 이런 밤의 트랙
은 처음과 끝이 확실치 않았다

여전히 듣지 못한 나의 목소리
진짜 목소리

허구가 사실을 매장시켜 온, 이 한 권의 소설이 내 생의
자서전이다 그러니까, 지구별에 불시착한 우울의 검은 담
즙이 이런 문장을 이어가게 했던 것인데,

등장인물이 입을 열면
밀림에 숨어 있는 내 위치가 추적된다 아마존이든 알래
스카든

뜻밖의 장소에 떨어진 운석처럼, 거기서 나는 특파원 시
절의 고독을 겪었고 소설가 시절의 감옥을 살았다 이만큼
의 문장을 쓰고 나면, 내가 다시 나로 되돌아갈 수 없을
듯한 두려움에 떨었다

그 시절의 소설가는 죽었지만

독자의 머릿속을 흘러가는 문장을 타고 그의 생애가 또
다시 사납게 흔들리는 밤이다

철문을 닫아 걸 이유가 없다

나는
내 목청의 불타는 가시덤불 위에서
노래하고 싶었다 이토록
허기진 생을

못둑에는 낚시질하는 중년 두엇

절름발이 흉내를 내면서 방죽의 꽃을 손바닥으로 훑고
가는
이 발걸음을
내 시의 리듬이라고 말해 두자

철문을 닫아 걸 이유가 없다
눈앞의 풍경은 저렇듯 완성됐고
여기서 내 한 마음이 살고 있으니

놀랍고 몸 떨리는 하루하루가 아닌가
어떤 밤은 길을 잃고 매장되지만
이토록 기나긴 일몰의 한때

물불을 가리지 않고 타오르는 가시덤불들
아직 나에겐 오지 않으니

진흙을 밟아서 진물이 흐를 때까지
내 목청 불태우듯 흩날리는
노래 몇 줄

또 다시 사막으로

거기, 사막의 가시덤불 아래서 춰야 할 곱사춤, 곱사등처럼 너울거리는 모래 파도의 문장이 있다 문장과 문장을 이어 가다가 최후의 문장에 이르렀을 때, 헛발질하면서 떨어질 죽음의 벼랑이 팔 벌리고 서 있다

일평생 뒤집어써도 남을 모래들, 모래알의 점자가 불타고 있고, 무턱대고 믿었던 이번 생의 늙고 병든 낙타가 무릎 꺾는 자리, 저기로 데려가서 파묻을 게 너무 많다 오직 한 사람만 세워 둘 수 있는 곳, 가시덤불이 춤을 추며 제 몸을 찢는

어느 책에서도 본 적 없는 사막이 있다 저렇듯 순식간에 흘러가 버리는, 잽싸게 읽어야만 잡히는 시의 이미지처럼

맹목과 적빈의 리듬

조강석(문학평론가)

1

　오정국 시인의 새 시집『눈먼 자의 동쪽』은 맹목과 적빈 사이를 걷는 이의 균형 잡기에 비견된다. 한번은 크게 맹목 쪽으로 기울고, 또 한번은 적빈 쪽으로 기우는 마음이 출렁이다가 이내 시의 길을 내는 형국이라고 할 법하다. 말을 바꾸자면 맹목과 적반은 이 시집의 양극에서 의미론적 이항 대립을 이루면서 시의 언어를 길어 내고 있는 것이다. 이때, 통상의 의미에서 크게 벗어나지는 않지만 그렇다고 맥락 없이 통용될 수는 없는 저 이항 대립은 독자들의 세심한 관찰을 요한다. 우선 이 시집을 맹목에 기운 시집이라고 부를 수 있는 까닭을 살펴보자.

테두리 없는 햇빛의 책방이었다

내 면상을 꿰뚫듯이 올려다보는 얼음장들, 새가 날지 않는 물밑이니, 물고기가 돌아다녔다 어떤 맹목이 저리 맑은 것이지, 한번은 얼음 강을 건너가고 싶었다

고요를 파고드는 회오리처럼

새가 날았다 가녀린 발목에 얼음 붕대를 감고, 늦추위를 껴입고, 짝짝이 양말을 펄럭거리듯 다리목을 건너갔다

유리컵의 버들강아지가
겨우겨우 눈을 틔우기 시작했다

강줄기 한복판의 얼음장이 가장 시퍼렜다 거기서 누가 수심을 잰 듯, 나무 막대기가 수직으로 꽂혀 있었고, 그걸 꽂아둔 이는 보이지 않았다

모서리 없는 햇빛의 책방이었다
　　　　　　　　　　　　　　　──「햇빛의 책방 ── 내설악일기·13」

냉연함과 팽팽함이 가득한 이 시의 회화적 중심은 "얼음 강"이 될 것이지만 그 테마적 중심은 "맹목"에 있다. 회

화적 중심과 테마적 중심이라는 개념은 본래 츠베탕 토도로프가 17세기 네덜란드 장르화를 설명하면서 사용한 것이다. 그는 그림에 따라 양자가 일치하기도 하고 어긋나기도 하는데, 그 관계의 다채로운 양상이 회화를 변주하면서 시각적 리듬감과 사유의 깊이를 드러낸다고 설명한다. 다양한 풍경을 담고 있는 오정국의 이번 시집은 비슷한 맥락에서 언어적 시계(視界)를 떠올리게 한다.

겨울이 가고 봄기운을 막 입은 사물들이 제각기 활기를 띠기 시작하는 즈음의 풍경을 담고 있는 이 작품은 시집에서 가장 수일한 시편 중 하나이면서 시집 전체의 주제 의식을 대표적으로 드러내는 작품이다. 한겨울처럼 꽝꽝 얼어 있는 것이 아니라 물고기가 돌아다니는 것을 들여다볼 수 있을 정도로 옅게 얼어 있는 겨울 강 위로 햇볕이 내리쬔다. 새들은 "늦추위" 속 하늘을 날고 유리컵에 담아 둔 버들강아지는 이제 막 싹눈을 틔운다. 그러니까 기본적으로 관찰에 기초한 이 시는 근경과 원경을 뒤섞는 충실한 시적 묘사를 통해 겨울이 가고 봄이 막 도래하는 내설악의 풍경을 독자에게 생생하게 전달하고 있다고 할 수 있다.

여기서 흥미로운 점은 입춘(立春)이라는 말이 시사하듯, 추위가 가고 봄이 오기를 기다리는 통상의 기대와는 달리 "늦추위"라는 말이 눈에 띈다는 것인데, 이는 "한번은 얼음 강을 건너가고 싶었다"는 말에 담긴 어떤 심중과 관계 깊을 것이다. 겨울은 흔한 상징으로는 견뎌야 하는 계절로

표상되지만 사정은 제각기 다를 수밖에 없다. 얼음 강에 햇빛이 내리쬐는 풍경에 시선이 붙들리고 만 것은 봄이 오기 전에 무언가를 도모했어야 했다는 작은 회한 때문임이 드러난다. 이는 시의 후반부에 회화적으로 클로즈업 되는 것이 수심을 재기 위해 누군가 꽂아 두었다가 덩그러니 버려진 나무 막대기라는 것과도 상통한다. 어떤 깊이와 중심을 재려는 마음이 있었음을 알아채고 이에 붙박인 시선이란 제 삶의 목적을 더듬는 치명적인 사유의 알리바이이기 때문이다. 그러니 얼음 강의 표면이 "모서리 없는 햇빛의 책방"인 까닭은 이 풍경에서 얻어지는 사유가 이처럼 원만하고 원숙한 통찰이기 때문일 것이다. 그런데 맹목이라니? "맹목"은 이 시의 테마적 중심을 이룬다. 이 시에서 "맹목"이라는 시어가 쓰인 자리를 다시 한 번 주목해 보라. 여기서 맹목은 전혀 예상 밖의 자리에 마치 강심을 재는 나무 막대기가 꽂히듯이 박혀 있다. 햇빛이 얼음 강 위로 쏟아지는 대목에 "어떤 맹목이 저리 맑은 것인지"라는 낮은 탄식이 자리한다. 맹목이라니, 무엇의 맹목일까? 여기서의 '맑은' 맹목은 다음과 같은 시의 "희끄무레한" 맹목과 선명한 대비를 이룬다.

　　홀레붙던 개들, 시뻘겋게 혀를 빼물고
　　철망을 타고 올랐을 것인데
　　밥그릇이 엎질러지는 줄도 모르고

일제히 목을 세워 짖던

희끄무레한 맹목의

눈빛들, 비로소

천지간의 눈발 속으로 입적하신 듯

어리둥절한 고요로구나

지난여름 굴삭기로 산허리를 헐어 내던 굉음, 그때 이후의

고요를 비로소 맛보는구나 그런

글공부를 하러 치악산의 방 한 칸을 얻었다가

모과 두 알만 썩히고 돌아왔다

―「객사(客舍)」에서

　맹목에 어찌 청탁(清濁)이 있겠는가마는 『눈먼 자의 동쪽』 안에서 "희끄무레한" 맹목은 이 시에서 보듯 더운 본능과 관계 깊다. 여기서 맹목은 고요와 대비되는, 피를 타고 흐르는 은근하고 연면한 생존 본능이다. 틀림없이 생존 본능에 눈이 먼 때가, 더운 피를 가진 족속에게는 있기 마련이다. 삶에서 냉연한 고요와 이항 대립적 항을 이루는 이 맹목은 시간의 구체적 섭리 중 하나로 제시된다. 스스로 진행하고 회전하는 시간에 방향과 목적이 있는가? 어떤 시간은 눈을 멀게 하고 어떤 시간은 모과를 익히고 썩힌다. 두 리듬의 변주에 생명의 구체적 세목이 뛰놀기 마련인데, 이 리듬은 다음과 같이 극적으로 변주되기도 한다.

(1)

이쪽은 풀밭이고 저쪽은 찻길인데, 죽음 하나가 길바닥의 뱀을 물고 신음하고 있다 뱀의 대가리는 차바퀴에 뭉개지고 없지만 죽음의 독니는 저의 독액을 뱀의 비늘 안쪽으로 흘려보내지 못했다 뱀의 꼬리가 꿈틀대는 동안, 죽음의 목구멍은 땡볕을 헐떡거렸다

다리목에 앉아 놀던 여름 하루가 배곯던 오후를 견디다 못해 뱀 한 마리를 끌고 가던 중이었다 휴가 차량 몇 대가 국도를 지나갔고, 가드레일 너머의 네발짐승들이 저의 죽음을 숨쉬듯이 염탐하던, 34번 국도의 오후 2시였다

—「땡볕」

(2)

천 년 전에도 만 년 전에도 지났던 길을
낙타와 두개골과 양피지를 굴리며 간다
그렇게 날아가서 다시 모이는 곳
지상의 모든 책이 불탄 자리다

—「새」에서

맑은 맹목이 자연의 태연한 섭리에 가닿는다면, 더운 맹목은 생의 집요함에 가닿는다.「땡볕」에서 두 리듬을 탄주하는 시간의 운행은 자못 처연하기까지 하다. 생과 사, 그

리고 그것을 가름하는 사건의 주체가 구체적 목숨이 아니라는 것에 주목하자. "죽음 하나가 길바닥의 뱀을 물고 신음하고 있"는 것이며 "다리목에 앉아 놀던 여름 하루가 배고프던 오후를 견디다 못해 뱀 한 마리를 끌고 가"는 것이다. 가치와 목적에 무관한 본능과 그 본능을 시간에 탄주시키는 충동이 더운 맹목이다.

한편, 「새」에서의 맹목은 지상의 일들에 눈 감고 태연한 이법(理法)과 관계 깊다. 새들이 때가 되면 처소를 찾아가는 일조차 목적이라고 한다면 그것 역시 목적일 터이지만 수천 년, 수만 년 동안 전승되며 목적은 태초의 충동을 잃는다. 그렇게 날아가 모이는 곳이 "지상의 모든 책이 불탄 자리"인 까닭은 바로 그 때문이다. 이것을 서늘한 맹목이라 할 것인가?

2.

맹목이 고요와 적대적 공생 관계로서의 이항 대립을 이룬다고 할 때 이 시집에서 고요의 짝패가 되는 것은 적빈(赤貧)이다.

비슈케크의 벙어리 시인, 열흘 만에 입을 열다

검은 암벽을 흘러내리는 희고 붉은 흙모래들, 돌산 봉우리
가 적빈(赤貧)의 고요를 견디지 못한 탓이리라 내 몸의 허기도
저 골짜기 어디쯤에서 굶어 죽기를 바라는데,

(중략)

풀 한 포기 돋지 않는 절벽의 가시덤불, 거기서 펄럭이는
비닐봉지들, 저의 색깔과 형체를 털어 내고 있었으니,

적멸의 뼈마디를 뚫고 가는 바람 소리, 거기서 울려 오는
목소리가 있었으니, 이제 그만 돌아가라, 여기엔 시(詩)도 없고
문장도 없고 은유도 없다, 야생의 헐벗은 통나무가 되어라!

비슈케크의 벙어리 시인, 잠자코 입을 닫다
──「가시덤불의 비닐봉지 ── 비슈케크일기 · 2」

비슈케크는 키르기스스탄의 수도이다. 이 시집에는 일
종의 기행 시편 형식의 연작이 셋 있다. '내설악일기(日記)',
'비슈케크일기(日記)', '제주시편(詩篇)'이 그것이다. 이 중 내
설악일기가 맹목의 발견과 관찰을 중심으로 하고 있다면
비슈케크일기에서 눈에 띄는 것은 적빈이다. 그리고 맹목이
그러했듯이 적빈 역시 고유한 맥락을 지니게 된다.

이 시는 "벙어리 시인, 열흘 만에 입을 열다"로 시작해서

"벙어리 시인, 잠자코 입을 닫다"로 끝난다. 말이 있어도 입 밖에 내지 못하는 시인이 말문을 틔우려 하다 다시 침묵과 고요 속으로 침잠한다는 내용이 시의 근간이다. 어떤 사정이 있었을까? 그 핵심에 적빈과 적멸 그리고 언어의 삼각관계가 있다. 이 시는 비슈케크의 어느 돌산 봉우리에서 희고 붉은 흙모래가 흘러내리는 풍경을 묘사한 대목과 그로부터 비롯된 심회를 풀어내는 진술로 이루어져 있다. 전자와 관련하여 시의 회화적 중심을 이루는 것은 돌산 절벽의 가시덤불에서 펄럭이는 비닐봉지들이다. 수심을 지시하던 버려진 막대기가 맹목의 물질적 목소리라면 돌산 절벽의 비닐봉지들은 적빈의 수화다. 적빈이란 가난의 붉은 맨몸인데 돌산 봉우리가 "적빈의 고요"를 감당하기 어려운 것은 단지 풀 한 포기 돋지 않는 가시덤불이어서만은 아닐 것이다. 그렇기에 시인은 이 시에 "적멸의 뼈마디"라는 구절을 찔러두었다. 적빈이 적멸의 원인이 아니듯, 적멸이 적빈의 목적도 아니다. 저 떨림이 "돌아가라, 여기엔 시도 없고 문장도 없고 은유도 없다"는 음성이 되는 것은 너무나 쉽게 적멸을 꿈꾸는 것도, 하릴없이 적빈을 견디는 것도 시를 품은 이의 길은 아니기 때문이다. 언어를 터주 삼는 삶이 어찌 적빈할 것이며, 언어가 남아 있는 한 어찌 적멸을 자초하겠는가? "야생의 헐벗은 통나무가 되어라!"는 것은 적빈과 적멸 사이를 살라는 전언일 것이다. 그리고 입을 닫는 게 입을 여는 것이 되는 까닭도 아마 거기에 있을 것이다.

나에겐 혀끝으로 놀려 대는 언어밖에 없는데

설산에 얹혀 있던 녹슨 창고 하나, 찰나처럼 스쳐 간

이미지였다 나에겐 책방에서 구입해 온

언어 밖에 없는데, 눈밭을 타고 넘는 전봇대 사이로

성채(城砦)처럼 빛나던 컨테이너, 어쩌다가

거기에 버려졌던 것인지, 천산산맥 골짜기가

비바람의 흉터를 더듬고 비비고 핥으라고 하였다

시를 쓰라는 것이었다 끝내는 되짚어 가야 할

모국어, 나는 불의 아궁이를 파고들었고

얼음 창고에 감금되고 싶었다 그것이

시인지는 알 길 없었지만

내 가슴 쪽으로 환하게 밀려오는

수로(水路)의 물길처럼, 산 계곡으로 쏟아지는

별빛을 피해갈 데가 없었다 땅바닥을 걷고 걸어

내 몸에서 울려 나오는 목소리를 들었다

　　　　　　　　—「설산의 붉은 창고 — 비슈케크일기·6」

　앞서 살펴본 것처럼 풍경에 대한 관찰을 주조로 삼고 있
는 이 시집에는 주목할 만한 언어적 시계(視界)가 곳곳에서
현상한다. 그리고 그 시계를 장악하는 것은 회화적 중심을
명료하게 장악하는 수일한 이미지들이다. 이 시 역시 설산
에 얹혀 있으면서 마치 성채처럼 빛나는 컨테이너가 그 중
심을 차지하고 있다. 월리스 스티븐스가 테네시의 한 언덕

에 놓은 항아리 하나가 사위를 장악하듯 설산에 얹힌 컨테이너 하나가 좀처럼 잊히지 않을 이미지로 우리의 시계를 장악한다. 이 이미지의 전언은 시를 쓰라는 것! 이 전언에 응하는 목소리는 "불의 아궁이를 파고들었고/ 얼음 창고에 감금되고 싶었다"고 답하며 그 소산이 시가 될 수 있는지 묻는다. 이와 유사한 풍경이 또 있다. 이 시집에 실린 가장 긴 시이면서 메타시라고 할 수 있을 「숲의 다큐멘터리」에도 이런 대목이 있다.

> 땅거미 지는 숲 속으로
> 총구를 열어 놓고
> 방아쇠에 손가락을 얹는 사내
>
> 거기, 뱀의 몸뚱이가 빠져 다닌
> 흙구덩이가 있었고, 달빛 내리는 밤이면
> 누에고치처럼 잠드는
> 칡덩굴이 있었다
>
> 밤 사냥을 하는 사내의 가슴 속에는
> 설명할 길 없는 공포가 술렁거리고
> 검은 피의 영혼이 솟구쳐 올랐다
> 그게 바로 시(詩)였다
>
> ──「숲의 다큐멘터리」에서

앞서 우리는 입춘 대신 "늦추위"라는 다소 생소한 말을 사용하며 "한 번은 얼음 강을 건너가고 싶었다"고 말하는 목소리를 들었다. 불의 아궁이를 파고들고 얼음 창고에 감금되고 싶었던 열망이 모두 시의 열망이었음을 고백하는 목소리도 들었다. 그리도 이 메타 시에도 시의 목소리가 있다. 풍요와 공포의 동시 근원인 숲을 향해 언어를 장전하고 치명적인 어둠 속으로 몸을 내던지는 행동, 그게 바로 시였다고 토로하는 목소리를 추가할 수 있다. 얼음과 불의 언어를 거듭하면서 치명적인 어둠 속으로 언어와 함께 자신을 거는 기투, 그게 시였던 셈이다, 맹목과 적빈 사이에서 고개를 드는……

3.

그렇기에 시집의 끝자락에 다음과 같은 시가 놓인 것은 충분히 그 사정을 헤아릴 수 있는 일이다.

나는
내 목청의 불타는 가시덤불 위에서
노래하고 싶었다 이토록
허기진 생을

못둑에는 낚시질하는 중년 두엇

절름발이 흉내를 내면서 방죽의 꽃을 손바닥으로 훑고 가는
이 발걸음을
내 시의 리듬이라고 말해 두자

철문을 닫아 걸 이유가 없다
눈앞의 풍경은 저렇듯 완성됐고
여기서 내 한 마음이 살고 있으니

놀랍고 몸 떨리는 하루하루가 아닌가
어떤 밤은 길을 잃고 매장되지만
이토록 기나긴 일몰의 한때

물불을 가리지 않고 타오르는 가시덤불들
아직 나에겐 오지 않으니

진흙을 밟아서 진물이 흐를 때까지
내 목청 불태우듯 흩날리는
노래 몇 줄
　　　　　　　　 ─「철문을 닫아 걸 이유가 없다」

이처럼 벅찬 메타시를 최근에 읽은 기억이 없다. 이 독백

이 주는 울림이 큰 것은 불과 얼음, 그리고 맹목과 적빈의 편력을 거쳐 온 이의 고해이기 때문일 것이다. 불타는 가시 덤불 위에서 허기진 생을 노래하고 싶었다는 고해의 이력을 이제 우리는 고개 끄덕이며 납득할 수 있다. 이 시가 메타시인 까닭은 여러 가지인데 지금껏 우리가 읽어 온 회화적 중심과 테마적 중심의 관계를 지시하는 대목이 선뜻 눈에 띈다는 점에서도 그렇다. "눈앞의 풍경은 저렇듯 완성됐고/ 여기서 내 한 마음이 살고 있으니"와 같은 구절이 바로 거기다. 이 시집은 그 내력을 우리에게 펼쳐 놓는다. "절름발이 흉내를 내면서 방죽의 꽃을 손바닥으로 훑고 가는" 발걸음이 리듬이 되고 "진흙을 밟아서 진물이 흐를 때까지/ 내 목청 불태우듯 흩날리는/ 노래 몇 줄"이 시가 되는 까닭은 흔들리면서도 매번 가까스로 중심을 수복하는 언어가 맹목의 섭리와 적빈의 생을 붙드는 진자의 고정점에서 운동하기 때문이다. 오정국 시집 『눈먼 자의 동쪽』은 맹목과 적빈의 간극에서 운동하는 고정점을 지닌, 어떤 허위도 마다하는 진짜다. 이 불타는 얼음 노래는……

지은이 　　오정국

1956년 경북 영양에서 태어났다. 1988년《현대문학》추천으로 등단했으며, 시집으로『저녁이면 블랙홀 속으로』,『모래무덤』,『내가 밀어낸 물결』,『멀리서 오는 것들』,『파묻힌 얼굴』등이 있다. 제12회 지훈문학상, 제7회 이형기문학상을 수상했다. 한서대 인문사회학부 미디어문예창작학과 교수로 재직하고 있다.

눈먼 자의 동쪽

1판 1쇄 찍음 2016년 12월 22일
1판 1쇄 펴냄 2016년 12월 29일

지은이 오정국
발행인 박근섭, 박상준
펴낸곳 (주)민음사

출판등록 1966. 5.19. (제16-490호)
서울특별시 강남구 도산대로1길 62(신사동)
강남출판문화센터 5층 (06027)
대표전화 515-2000 / 팩시밀리 515-2007
www.minumsa.com

ISBN 978-89-374-0849-6 04810
　　　978-89-374-0802-1 (세트)

민음의 시
목록